Louise M. Moran

Deich mit Blick auf Norderney

AF215928

Louise M. Moran

Deich

mit Blick auf Norderney

Bibliografische Information der Deutschen
Nationalbibliothek:
Die Deutsche Nationalbibliothek verzeichnet diese
Publikation in der Deutschen Nationalbibliografie;
detaillierte bibliografische Daten sind im Internet über
http://dnb.dnb.de abrufbar.

ISBN 978-3-7481-5950-6

Inhalt

1. Ankunft

China?«, rief meine Freundin Lena so laut, dass ich unwillkürlich das Telefon vom Ohr weghielt. »Was will dein Vater denn da?«

»Seine Firma möchte dort in Zusammenarbeit mit einem chinesischen Partner eine Produktionsstätte betreiben, und er soll beim Aufbau helfen. Oder versehentlich Betriebsgeheimnisse an Spione der Konkurrenz verraten. Irgendetwas in der Art.«

»Du verbringst also die Semesterferien bei deiner Mutter auf Mallorca?«

»Nur, wenn man mich mit den Füßen voran in den Frachtraum des Fliegers trägt.«

Lena lachte. »Na ja, so ganz meine Welt wäre das auch nicht. Kaum zu glauben, dass es deine Mutter ganzjährig dort aushält. Wer nichts wird, wird Wirt, oder wie heißt es so schön? Ist sie sauer, wenn du nicht kommst?«

»Die freut sich wahrscheinlich insgeheim, dass ich nicht ihre traute Zweisamkeit mit Lover Nummer fünf störe. Sie ist ja so verliebt! Und diesmal ist es für immer!«

»Irgendwann müsste sie doch alle ihre Köche und Kellner durchhaben, oder stellt sie laufend neue ein? Hoffentlich hält die Sache bis Weihnachten. Sonst musst du womöglich dort feiern und sie trösten.«

»Mach mir keine Angst!« Mir lief ein Schauer über den Rücken.

»Nachdem wir geklärt haben, was du nicht machst, bleibt die Frage, was du machst.«

»Ich arbeite wieder als Urlaubsvertretung bei meinem Onkel.«

Lena lachte. »Was auch sonst? Bungeejumping, Motocross, Wildwasserrafting und Panzerfahren wären für eine so verwegene Person wie dich zu langweilig. Was machst du dort? Büroklammern nach Farben sortieren?«

»Ich schreibe Rechnungen und Angebote, öffne die Post und sage den Kunden am Telefon ausgesucht freundlich, dass ich keine Ahnung habe, und verspreche ihnen einen Rückruf vom Chef persönlich.«

»Du arbeitest als Anrufbeantworter?«

»Immer noch besser als ein Job als Staubsauger oder Müllschlucker.«

»Brauchst du das Geld so wahnsinnig dringend?«

»Nicht so ganz. Aber daheim fällt mir sonst die Decke auf den Kopf. Es macht sich auch immer gut im Lebenslauf, wenn man etwas Erfahrung in der Arbeitswelt gesammelt hat. Und es ist auch schön, wenn man mal spontan etwas unternehmen kann, ohne als Ausgleich den Rest des Monats von Haferflockensuppe leben zu müssen.«

»Wildwasserrafting oder lieber Panzerfahren?«, neckte mich Lena.

»Theater, Museum, Buchhandlung«, zählte ich mit gespielt monotoner Stimme auf.

Lena lachte. »Was auch sonst? Das heißt also, du kommst gar nicht aus deinem schwülwarmen

Dachkämmerchen heraus diesen Sommer, oder besuchst du Papa in China?«

»Nee, das wäre ihm dann doch zu teuer, mich einfliegen zu lassen, aber er hat mir was überwiesen, damit ich irgendetwas Billiges last minute buchen kann. Ich habe aber noch keinen Plan, was ich damit anstellen könnte.«

»Scheidungskind zu sein, hat eindeutig finanzielle Vorteile.«

»Ja, er scheint gegen Mamas Einladung nach Mallorca anstinken zu wollen.«

»Wann hast du frei?«

»Ab Mitte September.«

»Mensch, Charlie! Du kommst mit uns!« Lenas Stimme kippte vor lauter Eifer.

»Mit euch oder zu euch?«

»Mit uns. Wir haben nicht vor, unseren Urlaub hier in Freiburg zu verbringen. Wir fahren zwei Wochen ans Meer. Irgendwohin bei Norderney.«

»Ins Meer bei Norderney? Ist das nicht reichlich nass auf die Dauer?«

»Haha! Witz, komm raus, du bist umzingelt! Moment, ich schau nach ...« Irgendetwas raschelte im Hintergrund. »Norddeich heißt das Kaff. Es liegt am Festland schräg gegenüber von Norderney.«

»Also ihr fahrt an einen Deich mit Blick auf Norderney?«

»Warum nicht? Das ist erheblich billiger, weil wir obendrein auch noch zehn Prozent Verwandtenrabatt bekommen, und wir können einen Tagesausflug auf die Insel machen. Reicht doch! Ich wohne auch lieber in einem Neubau mit Blick auf einen wunderschönen Altbau als umgekehrt. Und deine sparsame Kleinkrämerseele müsste jetzt aufjauchzen vor Glück.«

»Erwischt! Klingt tatsächlich vernünftig! Und wer ist *wir*?«

»David, Ali, Flo, Josie und ich.«

»Kenne ich außer dir jemanden?«

»Was ist nur aus deinem einst so guten Gedächtnis geworden? Zweiundzwanzig Jahre alt und kann sich nicht mehr an meine Freundin Ali erinnern! Tz, tz, tz!«

»Ach, Alice? Die du aus dem Chor kennst? Warum nur geben sich Eltern solche Mühe, einen schönen Namen für ihre Kinder zu finden, wenn die Freundinnen ihn bis zur Unkenntlichkeit und Geschlechtsverwirrung abkürzen?«

»Sagt ausgerechnet unsere reizende Charlotte, die jeder nur als Charlie kennt.«

Ich lachte. »Eben. Genau darum geht es. Du bist seit dem Ende unserer Schulzeit die Einzige, die mich noch so nennt.«

»Echt?« Lena klang ehrlich überrascht und fügte nach kurzem Nachdenken hinzu: »Ist mir wurscht, Charlie. In unserem Alter gewöhnt man sich nicht mehr um.«

»Gut. Haben wir das endlich auch mal geklärt. Und wer sind gleich nochmal die anderen?«

»Aaaalso! Ali-Alice haben wir abgehakt. Die kennst du von meiner letzten Geburtstagssause. Ihren Mann Flo-Florian kennst du nicht, weil der da mit seinen Kumpeln auf einer Radtour war und nicht mitkam. Ihre Tochter Josie-Josefine kennst du auch nicht, weil die da noch nicht auf der Welt war.«

»Ja, ich erinnere mich bei Ali an einen gewissen Bauch.«

»Hurra! Das Gedächtnis kehrt zurück! Wo ist der Champagner? Ach, nee, du trinkst ja nicht. David kennst du noch nicht, weil ich ihn selbst erst seit vier Wochen kenne und abgöttisch liebe.« Lena mimte ein theatralisches Seufzen.

»Ja, der Name fiel ab und an. So gefühlt viertausenddreihundertzwölf Mal, und auch nur ganz nebenbei. Ging im Gespräch völlig unter. Und was soll ich armer Single in eurem Pärchenurlaub?«

»Kochen, den Geschirrspüler einräumen und die Endreinigung übernehmen, weil wir nicht aus den Betten kommen. Nee, Quatsch! Wir haben da ein kleines Reihenhäuschen mit einem schönen Koch-Ess-Wohnbereich unten und drei Schlafzimmern oben. Da Josie noch so klein ist, will Ali sie bei sich haben. Im zweiten Zimmer schlafe ich mit David …«

»Nein, bitte keine Details!«

»Ich wollte sagen: Da schlafen David und ich.« Lena imitierte ein Hecheln und Stöhnen. »Bist du immer noch so verklemmt wie damals in der Schule? Egal! Das dritte Schlafzimmer ist also noch frei. Es ist klein und hat ein Etagenbett, aber man ist dort ja nur zum Pennen. Wir würden die Kosten durch fünf teilen, weil wir Josie nicht mitzählen. Den genauen Betrag kann mir Ali nennen. Hättest du denn prinzipiell Interesse?«

»Falle ich euch nicht zur Last?«

»Doch! Saumäßig! Aber wir sind diesbezüglich alle Masochisten. Deshalb biete ich es dir an.«

»Okay. Wenn Papas Überweisung ausreicht, bin ich gern dabei. Herzlichen Dank für die Einladung!«

»Du musst aber mit dem Zug fahren, weil David und ich versprochen haben, die Lebensmittel mitzunehmen. Ali und Flo haben das Auto voll mit Babygedöns. Man glaubt gar nicht, was so ein kleines Persönchen alles braucht. Zum Glück ist vor Ort ein Kinderbett vorhanden. Sonst müssten die das Reisebett oder Ali aufs Dach schnallen.«

»Ich fahre gern mit dem Zug. Könnt ihr vielleicht meine Reisetasche mitnehmen?«

»Vermutlich nicht. David hat nur einen Polo.«

»Okay. Ich komme auch so klar. Warum kauft ihr die Lebensmittel nicht vor Ort?«

»In so Urlaubsortschaften ist das doch immer sauteuer! Und dann haben sie vielleicht nur ein kleines Sortiment in dem Küstendorf. Ich gehe da lieber kein Risiko ein. David ist sehr wählerisch und isst nicht alles.«

Dass es in der Nähe sicherlich auch noch größere Orte gab, erwähnte ich lieber nicht, sondern stellte mich eben aufs Schleppen ein. Da man für sämtliche Wetterlagen gerüstet sein musste, war es mit meinem mittelgroßen Koffer sicher nicht getan. Das musste wahre Liebe sein, wenn die alte Schulfreundin ihre Siebensachen buckeln durfte, damit der Schatziputz nicht die Müslimarke wechseln musste, oder was auch immer der Typ morgens aß.

An einem warmen Samstag Mitte September wuchtete ich am Freiburger Bahnhof Koffer, Reisetasche und Umhängetasche in einen überfüllten Zug und kämpfte mich mühsam zu meinem Sitzplatz durch. Dort saß natürlich bereits ein älterer Herr, der mich wortreich darauf hinwies, dass man seinen Platz unverzüglich aufzusuchen habe, weil sonst die Reservierung verfalle. Ich diskutierte nicht lange herum, sondern wartete auf den Zugbegleiter, der diese Ansicht zum Glück nicht teilte und ungefragt meinen Koffer in der Gepäckablage verstaute, während er das Geschimpfe des zum Aufstehen gezwungenen Rentners, der sich das Geld für eine Reservierung gespart hatte, mit stoischem Gesichtsausdruck ignorierte.

Für meine Reisetasche war dort oben leider kein Platz mehr, sodass ich sie hochkant zwischen die Beine nahm, was mein Sitznachbar mit einem anzüglichen Grinsen quittierte. Sein billiger Herrenduft in Kombination mit Knoblauchfahne wurde nur noch vom Gestank seiner Füße getoppt. Und ich fragte mich, was schlimmer war: die stets verpönten, sauberen, weißen Tennissocken in Sandalen oder wie in seinem Fall ungepflegte Schweißfüße ohne Socken in Sandalen. Er bot mir einen leicht verbogenen Schokoriegel an, den ich dankend ablehnte.

Zum Glück stieg er in Offenburg aus, und eine ältere Dame nahm den Platz neben mir ein. Sie war auf dem Weg nach Köln, um dort einen kranken Urenkel zu betreuen, und ich hörte mir geduldig ihre Kindheitserinnerungen zu sämtlichen Kinderkrankheiten an, die ein Mensch nur bekommen und offenbar mit lediglich leichten Hirnschäden überleben konnte. Nach einer Stunde neben ihr hätte sicherlich auch noch der militanteste Impfgegner freiwillig den Ärmel hochgekrempelt.

In Köln musste ich umsteigen. Kurz vor Einfahrt des Zuges teilte uns eine freundliche Stimme über Lautsprecher mit: »Der Zug verkehrt in umgekehrter Wagenreihung.« Dem darauffolgenden Gerenne und Gewusel konnte man entnehmen, welche Reisenden wie ich eine Reservierung besaßen.

Zum Glück hatte der Mann mittleren Alters, der auf meinem Platz saß, noch nichts von der Reservierung-sich-nach-fünf-Sekunden-Fahrt-in-Luft-auflöst-Regel gehört. Er stand sofort auf und verstaute sogar ungefragt meinen Koffer in der Gepäckablage. Ich musste ja einen extrem gebrechlichen Eindruck machen! Die alte Dame neben mir las einen Krimi, und ich konnte ein wenig schlafen. Mein linkes Bein, gegen das die Reisetasche irgendwann gekippt sein musste, schlief sogar noch ein Weilchen länger als ich.

Ich fuhr bis Norddeich-Mole, wo Lena und David mich abholen wollten. Doch auch dann, als sich nach dem Aussteigen das Gewühle ein wenig sortiert hatte, konnte ich sie weit und breit nicht entdecken. Das fing ja super an! Ich wählte Lenas Nummer, aber sie hatte ihr Telefon offenbar ausgeschaltet. Hätte ich Depp mir die Adresse des Ferienhauses geben lassen, hätte ich ein Taxi nehmen können, aber so blieb mir nichts anderes übrig, als mir hier nach einem Tag im engen Zug die müden

Beine in den Bauch zu stehen und darauf zu warten, dass eine Sitzgelegenheit frei wurde.

Ein abgerissen aussehender junger Mann mit einem für seinen mageren Körper viel zu großen, zerknitterten T-Shirt, ungekämmten Haaren, die mich spontan an den Troll erinnerten, den mir Tante Marga aus dem Norwegenurlaub mitgebracht hatte, und bartähnlichem Wildwuchs im Gesicht schlenderte mit den Händen in den Taschen seiner abgewetzten Jeans zwischen den Ankommenden herum. Er blickte eine junge Frau herausfordernd an, die schnell wegsah, ihren Koffer zwischen die Beine nahm und den Gurt ihrer Handtasche ab sofort lieber mit beiden Händen festhielt. Als er die offenbar auf jemanden Wartende ansprach, schüttelte sie den Kopf und entfernte sich mit energischen Schritten.

Da er in meine Richtung kam, holte ich schnell einen Euro aus meinem Geldbeutel, den ich sofort wieder in der Umhängetasche versenkte, bevor der Mann mich erreichen konnte. Ich hängte mir die Tasche diagonal um und hielt den Griff des Rollkoffers und die Reisetasche mit der rechten Hand und den Euro in der linken. Einerseits steckte ich gern einem Wohnsitzlosen etwas zu, anderseits hatte ich aber ebenfalls Angst vor Trickdieben.

Doch er bat nicht um ein wenig Kleingeld, sondern fragte: »Heißt du vielleicht zufällig Charlie?«

Ich starrte ihn völlig entgeistert an.

»Weiß du es nicht, oder willst du es mir nur nicht sagen?«, fragte er grinsend.

»Ja.«

»Bezieht sich deine Antwort auf meine erste oder meine zweite Frage?« Sein Grinsen wurde noch breiter.

»Ich bin Charlie«, flüsterte ich konsterniert.

»Super! Volltreffer! Ich soll dich nämlich abholen, weil Lena keine Zeit hat.«

»Okay!« Mehr brachte ich nicht über die Lippen. Während er sich Koffer und Reisetasche schnappte und sich eine mir unbekannte Melodie pfeifend auf den Weg machte, folgte ich ihm völlig perplex und konnte es einfach nicht fassen, dass das David war. Der wundervolle David mit den hübschen Gesichtszügen, dem sensationellen Körper und dem Wahnsinnslächeln? Liebe musste tatsächlich blind machen. Anders konnte ich mir die Diskrepanz zwischen Lenas ausführlichen Schilderungen und der vor mir gelangweilt schlendernden Realität nicht erklären.

Er öffnete die Heckklappe seines pottdreckigen Kleinwagens, verstaute den Koffer und die Reisetasche im Kofferraum, warf die Klappe schwungvoll zu und drehte sich auf dem Absatz zu mir um. Mir wurde bewusst, wie dumm ich herumstand, und sein Grinsen gab mir den Rest. Ich bewegte mich mit hölzernen Schritten zur Beifahrertür, aber bevor ich sie öffnen konnte, überholte er mich, riss sie auf und verbeugte sich theatralisch. Der Typ hatte eindeutig nicht mehr alle Tassen im Schrank! Bei Lena musste der sexuelle Notstand ausgebrochen sein, dass sie sich so einen Kasper anlachte. Wie oft er sich wohl pro Woche wusch?

Innen war das Auto fast noch versiffter als außen. Der Beifahrersitz war staubig, und im verdreckten Fußraum lagen zerknüllte Bäckertüten und zwei leere Flaschen. Ich riss mich zusammen und setzte mich. Er beugte sich über mich, griff neben mir nach einem Hebel und zog mit einem kräftigen Ruck den Sitz nach hinten, unter dem eine Dose mit Champignons zum Vorschein kam.

»Schau an! Die hatte ich schon gesucht! In einem ordentlichen Haushalt geht eben nichts verloren! Kannst du die bitte halten, damit ich sie nicht wieder im Auto liegen lasse?« Er bückte sich, griff zwischen meinen Beinen nach der Dose und drückte sie mir in die Hand. Dann schloss er die Tür, ging um den Wagen herum und nahm auf der Fahrerseite Platz.

»Ich bin übrigens Philip«, erklärte er mir, als er den Motor anließ.

»Hallo, Philip!«, sagte ich mechanisch.

»Du kannst mich aber auch Phil nennen.«

»Hallo, Phil!«

»Ali – also eigentlich Alice – ist meine Zwillingsschwester.«

Ich starrte ihn entgeistert an. Davon hatte Lena kein Wort erwähnt!

»Nein, du musst mich nicht so anglotzen. Das ändert auch nichts. Zwillinge sehen nicht grundsätzlich fast identisch aus«, dozierte er während der Fahrt, »sondern nur dann, wenn es sich um eineiige Zwillinge handelt. Und ja, wir sind zweieiige Zwillinge wie beinahe alle Zwillingspaare mit unterschiedlichem Geschlecht. Ausnahmen bilden nur die, bei denen ein Zwilling eine Geschlechts-umwandlung vornehmen ließ.«

Mich interessierte aber viel mehr, wie Lena es fertiggebracht hatte, nach wenigen Wochen den su-pertollen David gegen dieses merkwürdige Exemplar auszutauschen. Doch dann wurde mir klar, dass ich müde, wie ich war, in eine falsche Richtung dachte. David war Lenas Freund. Und Philip war Alis Bruder. Doch was machte der hier?

»Wir – also du und ich – teilen uns übrigens ein Zimmer«, beantwortete er die Frage, die sich mir als nächste gestellt hätte. »*Hurra*, musst du jetzt ru-fen, wenn du nicht unhöflich sein willst«, fügte er grinsend hinzu.

»Hurra«, flüsterte ich, weil mir die Stimme ver-sagte. Ich betrachtete die beiden leeren Wasserfla-schen im Fußraum. Es handelte sich um Mehrweg-flaschen. Das war aber auch das einzig Sympathi-sche an meinem Fahrer.

Er parkte den Wagen vor einem Reihenhaus, und wir stiegen aus. Ich hielt noch immer die Champig-nondose in der Hand und kam mir reichlich blöd damit vor.

Phil öffnete den Kofferraum und stellte den Kof-fer und die Reisetasche auf den Gehweg. »Machst du hier nur fünf Monate Urlaub, oder ziehst du ein?«, fragte er grinsend.

Ich hielt ihm die Dose hin, damit ich mich um mein Gepäck kümmern konnte.

Doch er runzelte genervt die Stirn. »Kannst du das Ding nicht das kurze Stück für mich tragen? Du siehst doch, dass ich dafür keine Hand frei habe!«

Bevor ich auch nur eine zaghafte Bewegung in Richtung Koffer machen konnte, hatte er sich die beiden Gepäckstücke geschnappt und trug sie zur Tür.

Ich folgte ihm verdattert und nutzte die Gelegenheit, als er aufschloss, um wenigstens die Reisetasche zu nehmen. Ich war zwar relativ klein, aber nicht aus Zucker und musste nicht bedient werden.

Drinnen führten links eine Tür vermutlich in ein Gäste-WC und dahinter eine Treppe nach oben, unter der sich ein Wandschrank befand. Rechts hing an einer Garderobe eine abgewetzte Jacke. Ihr Eigentümer war unschwer zu erraten. Geradeaus ging es in einen großen Wohn- und Essbereich und in die Küche vermutlich rechts um die Ecke.

»Wo sind die anderen?«, fragte ich erstaunt.

»Die stehen alle noch im Stau. Zum Glück bin ich pünktlich losgefahren und habe auch keine Autobahnabfahrt verpasst wie mein werter Schwager. Lena und David haben nämlich verschlafen …« Er grinste vielsagend und machte eine unanständige Armbewegung. »… und deshalb Ali gebeten, dich abzuholen. Flo wiederum hat sich gründlich verfahren, woraufhin Ali den Rest der Strecke ans Steuer wollte. Die hat aber Angst vor der linken Spur und fährt im Zweifelsfall sogar lieber rechts zwischen den lahmen Lkw. Dass die viel gefährlicher sind und man bei einem Unfall einen Pkw zwischen all den ineinandergeschobenen Lkw erst auf den zweiten Blick entdecken kann, will ihr einfach nicht in den Kopf. Sie scheint ernsthaft zu glauben, dass der alberne Aufkleber *Baby an Bord* die Lkw-Fahrer vom Zeitunglesen und Fußnägelschneiden abhält. Sie hat jedenfalls Lenas Bitte, dich abzuholen, an mich weitergereicht, weil sie deine Nummer nicht hat und Lena aus unerfindlichen Gründen nicht zu erreichen ist. Mein Vorschlag, in Zukunft auf die Datenschutz-Grundverordnung zu pfeifen und großzügig Telefonnummern und Urlaubszieladressen auszutauschen, stieß auf keine Gegenliebe. Dafür habe ich ein neues Schimpfwort gelernt: *Rechthaberstinkstiefel.* Ich werde es bei Gelegenheit in mein Vokabelheft eintragen.«

Wie versteinert stand ich im Eingangsbereich und starrte auf die Konservendose in meiner Hand. Ich war mit einem Verrückten allein im Haus!

Phil schien meinen Gesichtsausdruck falsch zu interpretieren. »Wenn du auf den Pott musst, ist dies das nächstgelegene Ziel!« Er deutete auf die Tür links neben mir. »Zum Glück hat Ali mir nicht nur den Windelvorrat, sondern auch die Tasche mit den Gemeinschaftshandtüchern, den Seifenspendern und dem Klopapier aufs Auge gedrückt. Es steht also alles bereit! Ich bringe dein Zeug nach oben, während du dir – *die Nase puderst.*« Er grinste spöttisch und nahm mir die Konservendose aus der Hand. Ihm war offensichtlich nicht entgangen, wie mir beim Stichwort *Pott* das Blut in die Wangen geschossen war. Ich floh aufs Klo und schloss erleichtert hinter mir ab. In Sicherheit!

Am liebsten hätte ich dort auf die Ankunft der anderen gewartet, aber das konnte womöglich noch Stunden dauern. Die Trinkwasserversorgung wäre zwar gesichert gewesen, aber die Angst vor dem Kommentar, der mich nach einer mehrstündigen Toilettensitzung erwarten würde, ließ mich dann doch mit zitternden Händen die Tür öffnen. *Dumme Gans*, schalt ich mich. Lena und Ali würden mich nie mit einem Mann alleinlassen, dem man nicht vertrauen konnte.

Phil lümmelte auf der Couch herum und blätterte grinsend in einem Buch. »Na, alles nochmal gutgegangen?«, begrüßte er mich. »Die verstorbene Oma der Vermieter war in den Sechzigerjahren offenbar Mitglied eines Buchclubs gewesen, was uns ein Regal voller unfreiwillig komischer Lektüre beschert. Die gibt uns an verregneten Urlaubstagen endgültig den Rest! Sehr gut! Muss ich schon nicht den Kopf gegen die Wand schlagen oder die Hand in den Toaster stecken, wenn ich mich nach Schmerzen sehne. Und die Todesursache der Oma ist damit auch gleich geklärt: Langeweile und Fremdschamschmerzen. Ich zeige dir mal den Rest der Bude.« Er stand seufzend auf und deutete nacheinander in die entsprechende Richtung. »Wohnbereich, Essbereich, Küche, Terrasse, dahinter etwas Alibirasen, Treppe. Wenn Sie mir bitte folgen würden.«

Ich stieg brav hinter ihm die Stufen hinauf.

Oben deutete er auf eine Tür. »Hier logiert unsere junge Familie.« Er öffnete eine andere. »Badezimmer.«

Ich warf kurz einen Blick hinein. Es war erstaunlich geräumig, und neben Dusche, Waschbecken und WC waren sogar eine Badewanne, eine Waschmaschine und ein Trockner vorhanden. Ein Duschhandtuch und ein Strandlaken hatte ich selbst mitgebracht. Um die Handtücher an den Waschbecken und einen Duschvorleger hatte sich, wie versprochen, Ali gekümmert.

»Diese Treppe führt nach oben, wo unser Liebespaar untergebracht ist, und hier befindet sich unser Reich!« Phil öffnete die dritte Tür und überließ mir mit einer tiefen Verbeugung und einer vagen Geste den Vortritt. Das Kinderzimmer war ein schlechter Scherz: Auf der rechten Seite standen ein Etagenbett und ein Tischchen mit zwei Kinderstühlchen, auf der linken ein Schrank, der eher an einen Spind erinnerte, eine Wickelkommode, bei deren oberster Schublade die Front fehlte, und ein Gitterbettchen. In der Mitte des Raums waren mein Gepäck und eine große, abgewetzte Reisetasche abgestellt. Mir kam die englische Redewendung in den Sinn: *There's no room to swing a cat.*

»Zum Glück schlafen wir hier nur und wollen kein Menuett tanzen. Pack mal mit an!« Er griff nach dem Kopfende des Gitterbetts, und ich kapierte, dass es hinüber ins Elternschlafzimmer sollte. Hurra! Platz für meinen Koffer! Ich nahm das Fußende, und wir bugsierten das Kinderbett vorsichtig über die Gepäckstücke, durch die schmalen Türen und den kleinen Flur ins andere Zimmer, das dadurch eindeutig seine großzügigere Aufteilung einbüßte und nun ebenso vollgestellt wirkte.

»Ich wollte Tatsachen schaffen, bevor Ali auf dumme Gedanken kommt!«, konstatierte Phil.

Kurz stutzte ich. Dann fiel der Groschen. Eigentlich hatte er recht. Wer mir ungefragt einen Zimmergenossen verpasste, schreckte auch nicht vor der Idee zurück, einen zweiten folgen zu lassen, der zwar wesentlich kleiner war, dies aber mit Sicherheit beim Thema *Geräuschpegel* ausglich.

»Wo finde ich einen Staubsauger?«, fragte ich beim Anblick der Ecke, in der das Bettchen gestanden hatte. Mein Gepäck hatte bereits in einem gewissen Kofferraum eine Ladung Staub abbekommen, aber wie alles auf der Welt, war auch dies noch zu toppen.

»Unten im Wandschrank unter der Treppe. Du, sag mal, Prinzessin: Wie sind denn eigentlich so deine persönlichen Neigungen? Liegst du lieber oben oder unten? Ich gehe gern auf deine individuellen Wünsche ein. Brauchst es nur zu sagen.« Phil zog eine Schnute, die stark an einen Kussmund erinnerte, und zwinkerte mir zu.

Ich spürte, wie mein Puls in die Höhe schnellte, doch zum Glück kapierte ich rechtzeitig, bevor ich ihm eine entsprechende Antwort gab, dass sich die Frage auf das Etagenbett bezog. »Oben«, antwortete ich und wollte mich an ihm vorbeischlängeln, um den Staubsauger zu holen. Doch er verstellte mir den Weg.

Panik stieg in mir auf. Ich war allein mit einem fremden Mann, den ich überhaupt nicht einschätzen konnte und der mich nicht zur Tür lassen wollte. Ich bereitete mich innerlich darauf vor, mich im Fall der Fälle mit aller Kraft zu wehren.

»Bleib hier. Ich hol ihn!«, meinte er und ging pfeifend nach unten, wo kurz darauf ein Rumpeln und halblaute Flüche vermuten ließen, dass die Vormieter den Staubsaugerschlauch nicht ordentlich weggeräumt hatten. Ich wusste nicht, ob ich über mich lachen oder vor Erleichterung heulen sollte.

Als ich kurz darauf draußen Autotüren knallen und ein Baby weinen hörte, kamen mir tatsächlich die Tränen, die ich schnell wegwischte, bevor ich nach unten ging, um beim Ausladen zu helfen.

Phil hatte die Haustür geöffnet und kam mir nun mit dem Staubsauger entgegen. »Ich bringe den nur schnell hoch, damit sich nicht noch einer den Hals bricht. Das Ding ist lebensgefährlich und lebt zudem gern in einer für Außenstehende potenziell ungesunden Symbiose mit Bügelbrettern und Trockengestellen.«

Ali kam mir mit gefülltem und lautstarkem Babyautositz entgegen, klopfte mir im Vorbeigehen freundlich auf den Arm und brüllte gegen das Babygeschrei an: »Hi, Charlie! Ich gehe mit Josie ins Schlafzimmer. Sie hat zu lang geschlafen. Als ich sie abschnallte, fiel ihr beim Aufwachen ein, dass ihre Mahlzeit überfällig ist. Ein richtiger, kleiner Schnellmerker! Ganz der Papa!«

Draußen löste ein großer, blonder Mann, den ich auf etwa dreißig schätzte, ein Rennrad vom Fahrradträger.

»Hi! Ich bin Charlie!«, stellte ich mich vor.

Er lächelte freundlich. »Flo.«

Nach kurzem Zögern öffnete ich kurzerhand die Beifahrertür und nahm eine Tasche vom Sitz. Offenbar hatte ein Elternteil hinten beim Kind gesessen, was auf so langen Fahrten sicherlich praktisch war und Stopps sparte. Im Flur kam mir Phil entgegen, und zu zweit räumten wir das Auto leer, während Flo sich um sein Rad kümmerte, das auf der Fahrt offensichtlich trotz Abdeckplane eingestaubt war. Gab es in Alis Leben eigentlich auch Männer ohne Dachschaden?

Im Erdgeschoss sah es aus wie in der Taschenabteilung eines Warenhauses. Ich nahm ein Teil mit nach oben, überließ es Phil, das restliche Zeug in den ersten Stock zu tragen, und bearbeitet lieber in aller Ruhe den Boden unseres Kinderzimmers und meine Gepäckstücke mit dem Staubsauger. Nach kurzem Zögern gab ich mir einen Ruck und gönnte auch Phils Reisetasche eine Reinigung.

Ich zuckte heftig zusammen, als ich das gehörschädigende Haushaltsgerät abstellte und hinter mir Phils Stimme hörte: »Kann ich ihn wieder mit nach unten nehmen?«

»Ja, bitte!«

»Bist du immer so schreckhaft oder machst du hier gezielt Urlaub von deiner Coolness?« Doch er wartete keine Antwort ab, sondern schnappte sich die Brüllkiste mit dem widerspenstigen Schlauch, und danach wirkte das Zimmer gleich viel großzügiger. Vielleicht hatten mich inzwischen die Umstände aber auch kleingekriegt, und es kam mir nur alles im Verhältnis größer vor.

»Achtung! Nicht wieder erschrecken. Ich bin's nur, dein nervtötender Bettgenosse!«

Ich drehte mich um und ignorierte sein breites Grinsen.

»Wenn du magst, kannst du dir diese Schrankattrappe unter den Nagel reißen«, bot er an. »Mir reicht eine Schublade. Die oberste ist zwar hinüber, aber die dritte kannst du auch haben. Ich habe kein Problem, aus der Tasche zu leben. Das habe ich schon öfter gemacht. Außerdem kann ich besser unbemerkt in deiner Unterwäsche wühlen, wenn du deine Sachen übersichtlich anordnest.«

»Sollen wir an der Tür eine Ladenglocke anbringen, oder reicht es, wenn ich anklopfe, damit du rechtzeitig alle Schranktüren und Schubfächer schließen kannst? Abschließen kann man die Tür hier nämlich nicht«, fragte ich süffisant.

»Wir sollten uns generell angewöhnen anzuklopfen, weil wir uns nicht im Bad umziehen können, wenn sich sechseinhalb Leute eines teilen müssen.«

Klar! Wenn ich einen Witz machte, musste er natürlich postwendend ernst werden. Ich schob meinen Koffer in die freie Ecke und begann, meine Reisetasche auszupacken, in der sich lauter unverfängliche Dinge wie Schuhe, Kulturbeutel, Regenzeug, Tee und sonstiger Krimskrams befanden.

»Bist du sauer auf mich, weil du das Zimmer nicht für dich hast?«, fragte er leise.

»Nein, ich bin sauer auf Lena, weil sie mir das nicht gesagt hat. Ich musste nicht unbedingt mitkommen. Ich hätte auch was anderes gefunden.«

»Du wärst zu Hause geblieben, wenn du es gewusst hättest?«

»Nein, ich wäre woanders hingefahren.«

Er kratze sich am bärtigen Kinn. »Ali hat mich letzte Woche eingeladen, als du schon längst deine Fahrkarte gekauft hattest. Und Lena hat gemeint, dass dir das bestimmt nichts ausmacht, weil du so ein umgänglicher Mensch bist. Vielleicht hoffen die Mädels, dass ich mich mit deiner Gutmütigkeit anstecke und auch umgänglicher werde. Da ist es doppelt gut, dass du oben schlafen willst, da kann nachts deine ganze überschüssige Gutherzigkeit nach unten abfließen, mir aufs Gesicht tropfen und durch die Nasenlöcher ins Hirn eindringen. Oder durch die Ohren. Wie das Gift bei Hamlets Vater.«

»Gutherzigkeit, Gutmütigkeit und Gift nehmen alle denselben Weg?«, erkundigte ich mich, ohne aufzublicken.

»Das ist alles eines. Fängt auch alles mit G an.«

Phil ging nach unten, wo kurz darauf ein lebhafter und lautstarker Disput zwischen ihm und Flo entbrannte, ob ein Wohnbereich der richtige Ort für ein Rennrad sei, das vor dem Haus nachts gestohlen werden könne. Ich konnte oben jedes Wort verstehen. Erst als Ali dazukam, den ganzen Ort Norddeich zur diebstahlsicheren Zone erklärte und die Terrasse beziehungsweise das Anschließen an den Fahrradträger des Autos als Kompromiss vorschlug, kehrte unten endlich Ruhe ein. Das konnte ja heiter werden!

Ich sortierte gemütlich meine Sachen, bezog mein Bett, was bei meiner Körpergröße einiges an Akrobatik erforderte, und genoss das kostbare Alleinsein, bis es klopfte.

»Herein!«

Doch es war nicht Phil, sondern Ali. Sie setzte sich unaufgefordert auf Phils Bettkante und sah mich nachdenklich an. »Ich muss gestehen, dass ich mir echt nichts dabei gedacht habe. Aus meiner

Sicht war einfach nur ein Bett frei. Phil und ich haben uns früher auch lange ein Zimmer geteilt. Das ist natürlich bei genauerer Betrachtung ein blödsinniges Argument, weil wir Kinder gewesen sind und er mein Bruder ist, aber der tut keinem was. Der redet nur gern Stuss.«

»Der beißt nicht. Der will nur spielen ...«, äffte ich berüchtigte Hundebesitzer nach.

Wir sahen einander in die Augen und lachten.

»Er versucht momentan krampfhaft, endlich erwachsen zu werden«, fügte sie hinzu. »Manchmal schießt er dabei übers Ziel hinaus.«

Ich sah sie erstaunt an. »Wie alt seid ihr denn?«

»Vierundzwanzig. Aber Männer sind ohnehin erst mit einundzwanzig einigermaßen zurechnungsfähig, und er ist eben ein Spätentwickler. Sei mir nicht böse, ja?«

»Es wird schon klappen«, sagte ich lahm.

»Wenn irgendetwas ist, sag mir bitte Bescheid! Dann ziehe ich ihm die Ohren lang. Das hält meist ein paar Stunden vor. Ich lass dich wieder allein.« Sie stand auf und drückte mir ein paar Scheine in die Hand. »Die Kosten gehen ja jetzt durch sechs.«

»Danke. Ich komme auch gleich.«

Unten bot sich mir ein idyllisches Bild häuslichen Friedens: Ali saß mit dem Laptop im Sessel und schien zu surfen, Phil lag auf der Dreiercouch und las offenbar tatsächlich einen der Buchclub-Romane, denn er kicherte fast im Minutentakt gehässig, Josie lag umringt von ein paar quietschbunten Spielsachen auf einer Krabbeldecke, hielt ihre Füßchen mit den Händchen fest und hatte einen

Schluckauf, der sie aber nicht zu belasten schien, da sie nach jedem *Hicks* lachte, und draußen auf der Terrasse polierte Flo sein Rennrad, um Platz für zukünftigen Dreck zu schaffen.

Ich hatte den E-Book-Reader mitgebracht, den mir mein Vater zu Weihnachten geschenkt hatte, und setzte mich auf die Zweiercouch.

Ali blickte interessiert auf. »Oh, darf ich den mal sehen? Ich hatte noch nie einen in der Hand, weißt du?«

»Du sprichst jetzt aber hoffentlich nicht mit mir, sonst muss ich entschieden rot werden!«, murmelte Phil.

»Ignoriere ihn!«, meinte Ali lachend, als ich ihr den Reader reichte. »Dann hört er damit zwar auch nicht auf, hat aber weniger Spaß dabei. Du, Phil, das wäre doch was für Mamas Sechzigsten. Dafür bräuchte sie keine Lesebrille.«

»Unser Vater hat zwar von Natur aus ein Brett vor dem Kopf, aber unsere Mutter kann ich mir beim besten Willen nicht damit vorstellen«, antwortete er, ohne von seiner Lektüre aufzusehen.

Ali formte mit den Lippen *ignorieren*, als sie mir meinen Reader zurückgab, und ich versuchte mein Bestes, ihren Rat zu befolgen.

»Klar! Jetzt muss sie nur noch Schuhe kaufen, und wir hätten alle Klischees abgehakt!«, murmelte Phil und blätterte um.

»Hicks!«, machte Josie und lachte.

Draußen klappten Autotüren.

»Schau, Josie! Lena und David kommen!« Ali nahm die Kleine hoch und ging mit ihr zur Tür.

Ich folgte ihnen, um den anderen beim Tragen zu helfen.

Phil blieb liegen und kicherte gehässig beim Umblättern.

»Warum habt ihr nicht ohne uns gegessen?«, hörte ich Lena draußen rufen. »Wir haben unterwegs haltgemacht, weil uns die Mägen sonst wo hingen. Aber eine Kleinigkeit können wir jetzt trotzdem vertragen.«

Ali lachte. »Ohne euch? Wie denn? Du hast doch die ganzen Lebensmittel im Kofferraum!«

»Supermarkt?«

»Du weißt doch, wie das ist. Man denkt: *Die kommen gleich.* Und dann wird es später und später, bis man irgendwann denkt: *Eigentlich hätten wir ohne sie ...*«

»Mein Mobiltelefon macht Zicken. Sonst hätte ich angerufen. Entweder habe ich beim Aufladen Mist gebaut, oder der Akku ist im A...« Lena strahle mich an. »Hallo, Charlie! Na, wie gefällt dir dein Zimmergenosse? Ist uns die Überraschung geglückt?«

Ich erwischte mich dabei, dass mir der Mund offenstand, und schloss ihn schleunigst. Gefallen? Phil? War ich hier unter lauter Irren?

Dann sah ich ihn, meinen Traummann, und mein Herz setzte einen Schlag aus, um danach umso wilder zu pochen. Groß, schlank, dunkle, halblange Locken, noch dunklere Augen und ein Hammerlächeln!

»Hallo, ich bin der David!« Er streckte mir die Hand hin, und ich ergriff sie zitternd. Hatte ich Angst, einen elektrischen Schlag zu bekommen?

Sein Händedruck fühlte sich kräftig und sanft zugleich an. Das hatte ich noch nie erlebt.

»Ich bin die Charlotte!«, flüsterte ich mechanisch und versank in seinen Augen.

»Es freut mich sehr, dich kennenzulernen, Charlotte!« Er hatte so eine Wahnsinnsstimme!

»Wir nennen sie aber Charlie!«, rief Lena fröhlich, die aus der Tür kam und sich die nächste Ladung aus dem Kofferraum holte. »Sie ist gegenüber Fremden anfangs sehr schüchtern, taut aber schnell auf.«

David drückte mir eine Tasche in die Hand, die ich mechanisch ins Haus trug. Mit den Gedanken war ich ganz woanders. Wäre ich doch bloß zu Hause geblieben! Dort hätte ich David leichter aus dem Weg gehen und ohne Selbstverleugnung warten können, bis die spontane Verliebtheit abebbte. Diese Augen und dieser Körper …

Drinnen riss mich Lena aus meinen inzwischen recht unanständigen Gedanken und hielt mir zwei Konservendosen vor die Nase: »Ochsenschwanz oder Spargel?«

Ich wurde knallrot und stotterte: »W-wie bitte?«

Sie sah mich besorgt an. »Geht es dir nicht gut? Setz dich lieber mal hin, bevor du uns noch umkippst.«

»Nein, alles okay.«

»Ich will nur wissen, ob du lieber Ochsenschwanzsuppe oder Spargelcremesuppe möchtest. Ich mache nämlich nur zwei Töpfe dreckig, und kann daher nicht jeden aus allen Sorten wählen lassen.«

Entsetzt blickte ich in die Küche, wo David mit eleganten Bewegungen Dutzende Dosensuppen in den Vorratsschrank räumte.

»Spargel«, antwortete ich, weil ich das Wort *Ochsenschwanz* mit Sicherheit nicht ohne Stottern über die Lippen gebracht hätte. Vermutlich schmeckte ohnehin beides gleich salzig. Ich beschloss, meinen Teil am Kostgeld in den Wind zu schießen und mich morgen mit anderen Lebensmitteln einzudecken. Hoffentlich wurde überhaupt ein Supermarkt aufgesucht. Offenbar war es nicht für jeden selbstverständlich, frisches Gemüse zu kaufen.

Als wir später gemütlich am Tisch saßen, erfüllte sich meine Befürchtung. Wenn man Dosensuppen nicht gewöhnt war, kam man mit dem Salzgehalt nicht klar. Ich hätte speien können und überlegte, ob es sehr unhöflich wäre, etwas heißes Wasser dazuzugießen. Ich trank zwischen jedem Löffel voll Suppe einen kleinen Schluck Wasser. Beim künstlichen Duft des Buttertoasts, den die anderen dazuaßen, drehte sich mir endgültig alles um. Der kam als Verdünner auf keinen Fall infrage! Endlich verstand ich, wie es anderen bei meinem Essen gehen musste. Nur galt Nachsalzen im Gegensatz zum Nachwässern nicht als unhöflich.

Meine Rettung kam von unerwarteter Seite. Phil stand auf, startete den Wasserkocher, öffnete die Champignondose, die noch immer herrenlos auf dem Küchentresen stand, goss das Wasser ab, füllte kochendes Wasser nach, stecke einen Löffel hinein und stellte sie auf einer Untertasse auf den Tisch.

»In den Suppen sind nie genug Champignons. Ich lieeebe Champignons über alles! Wie gut, wenn man eiserne Reserven unterm Beifahrersitz lagert. Bedient euch.«

Die anderen blickten ihn verwundert an. Ali formte mit den Lippen: *ignorieren!* Doch noch blöder schauten sie aus der Wäsche, als ich mir davon vier Löffel voll nahm. Mit viel Wasser! Die Pilze waren zwar auch etwas gesalzen, verdünnten aber dennoch zusammen mit dem Wasser die salzige Brühe auf meinem Teller. Phil grinste mich an und nahm sich ebenfalls kräftig von der Pilz-Wasser-Mischung. Mit viel Wasser.

»Hicks!«, machte Josie in ihrer Babywippe und lachte. Sie hatte sich inzwischen eines ihrer Söckchen ausgezogen, das nun auf ihrer Brust lag, und hielt mit beiden Händchen das nackte Füßchen fest.

2. Bettgenossen

Es wurde spät an dem Abend, weil wir drei Mädels einander so viel zu erzählen hatten. Als ich gegen halb zwei in meinem grauen Lieblingsnachthemd aus dem Bad kam, bezog Phil, der einen leuchtend hellblauen Kurzschlafanzug trug, gerade pfeifend sein Bett und schenkte mir ein breites Grinsen. Doch er hielt wenigstens das Maul. Vermutlich gingen auch der schlimmsten Nervensäge irgendwann die dummen Sprüche aus, und nur eine ausgiebige Nachtruhe konnte den leeren Speicher wieder auffüllen.

Ich kletterte nach oben und kroch unter die Bettdecke.

»Du kannst offenbar fliegen! Vor dir muss man sich echt in Acht nehmen!«, sagte er nach einer Weile unvermittelt und warf sich so temperamentvoll auf seine Matratze, dass das Bett heftig wackelte. Es war offensichtlich nicht an der Wand festgeschraubt. Ich hatte mich also getäuscht, oder das kurze Schweigen hatte tatsächlich zum Auffüllen des Spruchspeichers gereicht.

»Wie bitte?«, fragte ich höflich, da er das anscheinend gefragt werden wollte.

»Ich hätte dir mit dem Spannbetttuch geholfen, wenn du was gesagt hättest«, erklärte er. »Aber da du anscheinend fliegen kannst … Wie sonst hast du das bei deiner Körpergröße auf die Matratze gezogen?«

Mir fiel Alis Rat ein: ignorieren.

»Ich bin gehüpft, bis ich fertig war«, erklärte ich fröhlich und stellte mir genüsslich sein dummes Gesicht da unten vor. Dass sich die Leiter zur Seite schieben ließ, musste ich ihm ja nicht auf die Nase binden. »Gute Nacht!«

Er löschte das Licht. »Gute Nacht!«

Ich schloss die Augen, entspannte mich und atmete ganz ruhig. Doch das half kein bisschen, und so lag ich wach herum und langweilte mich entsetzlich. Menschen, die in jedem beliebigen Bett sofort einschlafen konnten, hatten meine volle Bewunderung.

Meine Gedanken wanderten ein wenig hin und her – und landeten unweigerlich bei David, der streng genommen nur wenige Meter entfernt, jedoch leider durch eine Zimmerdecke und ein Bett samt Matratze und darauf liegender Freundin von mir getrennt, schräg über mir lag. Mein Puls ging hoch, und ich wurde immer wacher. Mein Gewissen leider auch. Es kam für mich überhaupt nicht infrage, mich in irgendeiner Weise an den Freund meiner besten Freundin ranzuschmeißen! Lena und ich kannten uns seit unserer Schulzeit! Sollte jedoch eines Tages ihre Beziehung in die Brüche gehen, hätte ich mir schon vorstellen können … Nach einer angemessenen Wartezeit, versteht sich … Und nur, wenn sie längst darüber hinweg war … Oder vielleicht würde sie sich ja selbst bald von ihm trennen? Vielleicht würde sie froh sein, wenn er bald irgendwo Trost finden würde, statt ihr hinterherzuheulen. Bei mir zum Beispiel! Allzeit bereit!

Täuschte ich mich, oder wackelte das Bett ganz leicht? Schwankte das noch immer, weil Phil sich vorhin so heftig draufgeschmissen hatte, oder schon wieder? Ich lag starr auf meiner Matratze. Reichte es etwa, sich ganz normal umzudrehen, um das Bett dauerhaft in Schwingungen zu versetzen? Aber dann hätte unten Phils Bettzeug geraschelt. Eigenartig! Dieses ganz leichte Schwanken wurde auch gar nicht schwächer, sondern blieb gleichmäßig. Ein Erdbeben? Hier an der Küste? Ich versuchte krampfhaft, mich an die Karte mit den Erbebenzonen in Deutschland zu erinnern, aber damals hatte ich nur die Region um Freiburg näher betrachtet.

Ich hörte schweres Atmen … Da kapierte ich endlich, was unter mir vor sich ging. Das war doch nicht zu glauben! Was dachte sich der freche Kerl bloß? Nun, ja, eigentlich wollte ich lieber nicht wissen, woran der gerade dachte, nachdem er mir schon den ganzen Abend ständig Kostproben seiner schrägen Fantasie gegeben hatte!

Ein unterdrücktes Seufzen war zu hören. Dann raschelte etwas. Ich hielt mir wütend die Ohren zu und dachte angestrengt an etwas Schönes – wie damals in meiner Kindheit, wenn ich nachts plötzlich aus einem Alptraum hochgeschreckt war. Schokopudding! Ja, ein schöner, dunkelbrauner, glänzender Schokopudding. An nichts anderes wollte ich denken. Wie meine Uroma ihn aus der Puddingform auf einen Teller gestürzt hatte. Und wie er dann verlockend gewackelt hatte, bereit, in meinem Mund zu landen …

Neiiiiin! An das Wackeln wollte ich doch nicht denken! Ich hasste Phil von ganzem Herzen, weil er mir soeben meine Schokopuddingfantasie ein für alle Mal ruiniert hatte. Die war zu nichts mehr zu gebrauchen! Fast zwanzig Jahre unermüdlich im Einsatz und stets wirkungsvoll, und nun war alles zerstört. Ab in die Tonne mit dem Pudding! Mir stiegen tatsächlich die Tränen in die Augen, und ich konnte ein leises Schluchzen nicht rechtzeitig unterdrücken. Plötzlich hatte ich Sehnsucht nach Mallorca. Und das wollte etwas heißen!

Aber der da unten schien nichts gehört zu haben. Vermutlich anschließend sofort eingeschlafen! Und der lachte über Klischees in alten Romanen? Er sollte sich besser an die eigene Nase fassen. Ja, Nase! Und nichts anderes!

Irgendwann musste ich dann doch eingeschlafen sein, sonst hätte ich nicht hochschrecken und ins Licht blinzeln können, als Phil am nächsten Morgen das Rollo hochzog und das Fenster aufriss.

»Wolkenloser Himmel! Heute gibt es strahlenden Sonnenschein.«, stellte er fest, gähnte genüsslich und streckte sich ausgiebig. Dann knipste er die grelle Deckenleuchte an, aus deren Plastikabdeckung ein großes Stück herausgebrochen war, und wühlte in seiner Reisetasche.

»Wie spät ist es?«, fragte ich verwundert, weil ich noch todmüde war.

»Sieben.«

»Waaas?«

»Sieben. Guten Morgen übrigens. Ich gehe mal ins Bad. Das frühe Aufstehen hat den Vorteil, dass man dort nicht anstehen muss.«

Ich hätte ihn erwürgen können, wenn ich nicht zu müde gewesen wäre. Da er die Deckenlampe angelassen hatte und ich bei dem hellen Licht nicht mehr schlafen konnte, war die Nacht auch für mich endgültig vorbei. Noch leicht benommen stieg ich die Leiter hinunter und suchte mir die Sachen zusammen, die ich anziehen wollte. Als Phil zurückkam, würdigte ich ihn keines Wortes und keines Blickes, sondern stapfte an ihm vorbei ins Badezimmer. Beim Anblick meines genervten Spiegelbildes beschloss ich, in der nächsten Nacht auf der Dreiercouch zu schlafen. Ali hatte mich zwar gebeten, mit ihr zu sprechen, falls es Probleme gab, aber dieses Problem konnte ich nicht in Worte fassen.

Unten im Wohnzimmer lag Phil schon wieder mit einem Roman auf seinem angestammten Platz und kicherte gehässig, was bei mir bei der Vorstellung, dass ich da nachts schlafen wollte, einen Würgereiz auslöste. Ich legte mich mit meinem Reader auf die Zweiercouch, ertappte mich jedoch dabei, dass ich die Sätze zwar las, mit meinen Gedanken aber ganz woanders war.

Kurz darauf meldete sich Josie so heftig zu Wort, dass das ganze Haus hellwach war, und die aktuellen Bewohner nach und nach herunterkamen und sich gähnend zum Frühstück versammelten. Ich durfte zwischen süßen Frühstücksflocken und einem Schokoladenmüsli wählen und entschied mich für ein Glas H-Milch. Während die anderen enttäuscht waren, dass keine Kapsel-Kaffeemaschine vorhanden war, sondern nur eine normale, und den Schrank fieberhaft nach einem Rest Kaffeepulver von den Vormietern durchsuchten, freute ich mich stillvergnügt über den blitzblanken Wasserkocher und brühte mir einen weißen Tee auf. Da sich alle bis auf Josie in der engen Kochecke drängten, kam ich mir vor wie in einer Stehkneipe beim Länderspiel. Sogar ein nervtötender Kommentator war zur Stelle, denn Phil erklärte Lena wortreich, wie eine herkömmliche Kaffeemaschine funktionierte und dass Fair-Trade-Kaffee wesentlich billiger und umweltfreundlicher sei als Kaffeekapseln. Okay, ich sah das zwar auch so, aber er ging mir damit am frühen Morgen trotzdem auf den Zeiger.

»Unsere Oma trinkt morgens auch immer heißes Wasser«, erklärte Ali strahlend beim Anblick der hellen Flüssigkeit in meinem Teebecher. »Das bringt die Verdauung in Schwung, meint sie. Aber ein bisschen merkwürdig sieht das Leitungswasser hier doch aus. Vielleicht solltest du es besser eine Weile laufen lassen, bevor du den Kocher befüllst? Oder sind da vielleicht irgendwelche Ablagerungen drin?«

Phil hielt ihr meine Teepackung vor die Nase. »Nein, die Ablagerungen sind nicht im Kocher, sondern in der Tüte. – Und mit der ulkigen Geheimwaffe strebt sie heimlich die Weltherrschaft an.« Er deutete auf meine Teefilter.

Ali lachte. »Sorry, Charlie, ich kenne mich mit weißem Tee echt nicht aus. Ich dachte, Tee sieht immer aus wie dünner Kaffee.«

Ich nahm ihm die Packung kichernd weg und legte meine Sachen in das oberste Fach des Vorratsschrankes, wofür ich mich ordentlich strecken musste. Die unteren Fächer waren leider schon komplett mit Lebensmitteln vollgestopft.

Phil, der locker einen Kopf größer war als ich, feuerte mich an: »Ja, schön auf die Zehenspitzen und kräftig recken! Gleich ist es geschafft. Noch ein Stück. Ja! Das wird! Du hättest mich natürlich auch um Hilfe bitten können, aber dann wäre uns dieses spannende Schauspiel entgangen! Bravo! Geschafft!«

Ali sah mich an, lachte und formte mit den Lippen: *ignorieren.*

Phil räumte ein paar Suppendosen vom zweitobersten ins oberste Fach um, stellte meine Teeutensilien in die so entstandene Lücke und grinste mich breit an.

»Danke«, flüsterte ich und schämte mich, weil für mich die Welt immer so kompliziert war.

David, der in der linken Hand eine prallgefüllte Müslischüssel hielt, legte mir die rechte Hand auf die Schulter, sah mir in die Augen und lächelte mich freundlich an. »Darf ich bitte vorbei, Charlie?«

So, wie er diesen albernen Spitznamen aussprach, gefiel der mir plötzlich. Es klang mehr französisch als englisch und sehr hübsch. Am liebsten hätte ich mich noch breiter in den Weg gestellt, aber natürlich drückte ich mich zur Seite, so gut es ging. Neben mir stand Flo und rührte sich irgendein Eiweißpulver mit Wasser an. Es roch merkwürdig, und ich war mir nicht sicher, ob er frühstücken oder die Dusche neu verfugen wollte, die das echt nötig hatte.

Lena stieß einen Freudenschrei aus: »Jaaa! Kaffee! – Und in der linken Schublade liegt eine Packung mit drei oder vier Filtertüten. Jetzt wird Frühstück gemacht, ihr Lieben!«

»Frage in die Runde: Wie vertrauenerweckend findet ihr eine fast leere Kaffeepackung, die unter der Spüle neben dem Mülleimer liegt? Auf einer Skala von eins bis zehn?«, fragte Phil und hielt den Kaffeetrinkern reihum ein imaginäres Mikrofon unter die Nase.

»Wir können auch mit dem Küchenmesser ein paar Kaffeekapseln öffnen und das Pulver rausquetschen«, schlug Ali vor und sah mir kurz über die Schulter, um zu kontrollieren, was ihre Tochter in der Babywippe machte. Josie wippte, schlug sich einen rosafarbenen Stoffhasen gegen das Gesicht und lachte.

Ich konnte mich nun wirklich nicht mehr länger in der Kochnische herumdrücken, atmete tief durch und setzte mich zu David an den Tisch, der artig mit dem Frühstück auf die anderen wartete, obwohl sein Müsli langsam zu Matsch mutieren musste. Er hatte tadellose Manieren und stand sogar, als ich mit Teebecher und Milchglas ankam, kurz auf, um sich nach mir wieder zu setzen.

»Wir sollten unbedingt einmal eine Wattwanderung machen«, schlug er vor und sah mir lächelnd in die Augen. »Das Wattenmeer der Nordsee ist das größte der Welt und steht unter Naturschutz.«

»Ja, das stimmt.« Mehr fiel mir nicht ein, und ich versuchte krampfhaft, seinem Blick auszuweichen.

Von ihm hätte ich mich auch bis zum Hals im Watt eingraben lassen und selig lächelnd auf die Flut gewartet.

Zum Glück setzte sich Flo neben mich und laberte über die idealen Wetterbedingungen fürs Radfahren, Spezialregenkleidung für Radfahrer und die großen Preisunterschiede bei Eiweißpulvern.

Bis ihm Ali ins Wort fiel: »Warum nimmst du Josie nicht hoch? Du weißt doch, dass sie nicht zu lang in der Wippe liegen soll.« Sie stellte ihre Schüssel auf den Tisch und holte sich die Kleine auf den Schoß.

»Du fütterst sie doch eh gleich«, murmelte Flo gedankenverloren.

»Was? Ich habe sie vorhin gestillt, nachdem sie aufgewacht war!«

»Sorry. Habe ich nicht mitbekommen.«

»Deshalb heißt das *stillen*. Weil die Bälger dann für eine Weile still sind! Der Vorher-nachher-Geräuschpegel-Vergleich fällt zu neunundneunzig Prozent positiv aus«, erklärte Phil, setzte sich neben Ali und hielt Josie seinen Zeigefinger hin, was sie ganz toll fand. Sie ließ den Schnuller aus dem Mund fallen, lächelte und griff mit beiden Händchen nach dem begehrten Objekt.

»Ja ja, ihr Frauen seid unheimlich leicht zufriedenzustellen. Wenn man uns Männern den kleinen Finger reicht, wollen wir grundsätzlich die ganze Hand«, kommentierte Phil und stocherte mit kritischem Blick und dem Löffel in der linken Hand in seinem Müsli herum.

Lena kam mit dem improvisierten Kaffee und fragte mich: »Hast du deinen Laptop dabei?«

»Nein, tut mir leid! Der passte nicht mehr in den Koffer. Ist deiner kaputt?«

Sie lachte. »Nein, Ali und ich wollen nachher *Rutabaga Harvest* spielen. Du hättest mitspielen können. Das macht irre Spaß!«

Ich lächelte verlegen und wusste nicht, wie ich ihr beibringen sollte, dass ich nicht einen ganzen Tag im Zug saß, um in einem Ferienhaus Computerspiele spielen zu können.

Doch zum Glück wechselte sie das Thema: »Wer meldet sich freiwillig für einen Supermarkteinsatz? Das Argument, dass heute Sonntag ist, zieht nicht, Phil! Ja, du hast zwar gar nichts gesagt, aber das wolltest du sagen! Die haben hier abartige Öffnungszeiten, und wir Touristen sind an allem schuld!«

»Ich wollte gleich noch mit dem Rad los«, erklärte Flo. Damit schien der Punkt für ihn abgehakt zu sein.

»Lena, wenn du möchtest, fahre ich dich hin«, schlug David vor. »Kommst du auch mit?«, fragte er mich freundlich lächelnd, und mein Herz machte einen Hüpfer.

Lena winkte ab. »Von *möchten* kann keine Rede sein! Ich *möchte* mit Ali *Rutabaga Harvest* spielen, wenn man mich schon fragt, was ich *möchte*. Und ich *möchte*, dass jemand Kaffeepulver und Filtertüten kauft. Ansonsten haben wir für zwei Wochen genug Verpflegung da.«

»Wenn mich jemand hinfährt, übernehme ich gern den Einkauf«, schlug ich krampfhaft lächelnd vor. Ich wollte nicht mit David allein in der Welt-geschichte herumkurven, aber ich musste dringend etwas besorgen, das mir zum Verzehr geeignet er-schien, um nicht zu verhungern. »Ich koche irgend-wie ein bisschen anders«, gestand ich verschämt.

»Machst du die Suppendosen mit der linken Hand auf?«, fragte Phil.

»Nein, sie hat definitiv zu viel Freizeit und kocht aus frischen Zutaten!« Lena lachte. »Das Ergebnis sieht zwar auch nicht besser aus als das Zeug aus der Dose, aber es scheint dabei irgendwie ums Prinzip zu gehen.«

»Ich wollte ohnehin zum Supermarkt und kann Charlie mitnehmen und Kaffee mitbringen«, er-klärte Phil und grinste mich frech an. »Mir sind nämlich gestern die Dosenchampignons ausgegan-gen, und ich brauche dringend vor dem Mittages-sen Nachschub.«

»Kippst du die in jede Art von Suppe?«, fragte Lena verblüfft.

Ali formte mit den Lippen *ignorieren* und sagte laut: »Mir ist das recht. Bringst du Charlie auch wieder mit zurück, oder nimmst du sie nur mit und tauschst sie gegen Kaffee?«

»Das kommt darauf an, welche Mengen ich her-ankarren soll und ob sie dort so blasse Frauen über-haupt in Zahlung nehmen. Wenn noch ein bisschen Platz im Kofferraum ist, kann sie ihn gern haben und muss mit ihren Einkäufen nicht heimjoggen.«

»Du kannst ja mal den ganzen Müll und Dreck aus deinem Vehikel herausräumen. Das allein schafft bereits Platz für so eine kleine, schmale Per-son«, schlug Ali vor und schenkte ihm einen ganz merkwürdigen Blick, den ich nicht einordnen konnte. »Der Wagen wurde offensichtlich zum letzten Mal geputzt, als er noch Mama gehörte.«

Erstaunlicherweise blieb Phil ihr die Antwort schuldig und wurde stattdessen rot.

Als ich ihn nach dem Frühstück fragte, wann er fahren wolle, murmelte er: »Ich sauge noch schnell mein Auto aus und sage dann Bescheid.«

Ich starrte ihn an, aber offenbar hatte ich mich wirklich nicht verhört, denn er holte den Staubsauger aus dem Wandschrank, rollte das Kabel komplett ab, steckte den Stecker in die Dose und verschwand nach draußen.

Ali und Lena hatten den Wohnzimmertisch, den Sessel und die Zweiercouch beschlagnahmt und spielten mit viel Gekicher, Schreckensrufen und unverständlichen Kommentaren ihr Computerspiel. Flo und sein Rad waren spurlos verschwunden, und Josie lag oben in ihrem Bettchen und konnte sich jederzeit übers Babyphon oder auf natürlichem Wege bemerkbar machen. Bei ihr war der ganze Schlaf-wach-Rhythmus durcheinandergeraten, hatte Ali beim Frühstück erzählt, und ich machte mich auf Überraschungen gefasst.

David strahlte mich an, als ich mich notgedrungen mit viel Abstand zu ihm auf die Dreiercouch setzte, rutschte näher und erzählte mir erstaunliche Dinge übers Wattenmeer. Ich lauschte fasziniert seinen interessanten Ausführungen und seiner wunderbaren Stimme und versank in einer Art Trancezustand, aus der mich Phil unsanft herausriss: »Wir können los, Prinzessin.«

Draußen öffnete Phil die Beifahrertür und verbeugte sich, während ich einstieg. Ich hielt mich an Alis Ignorier-Ratschlag und sah mich staunend um. Er musste wie ein Besessener in seinem Auto gewütet haben, denn nicht nur auf den Sitzen und im Fußraum war kein Staubkörnchen mehr zu entdecken, geschweige denn irgendwelcher Müll, sondern er hatte offensichtlich auch alle glatten Flächen feucht abgewischt.

»Alles klar, Prinzessin?«, fragte er mich und startete den Motor.

Im Supermarkt erkundigte er sich unvermittelt: »Was kochen wir uns denn heute Schönes zu Mittag?«

Ich starrte ihn an. Den Satz hatte ich zuletzt von meinem Vater gehört, vor einer halben Ewigkeit, als ich noch zur Schule gegangen war und jedes zweite Wochenende bei ihm und seiner damaligen Freundin verbracht hatte.

Phil starrte zurück. »Du glaubst doch nicht im Ernst, dass ich mich zwei Wochen lang von diesem Mist ernähre, für den die zwei Damen im Kaufrausch das gemeinsame Kostgeld rausgeworfen haben. Nachdem dir gestern meine Dosenchampignons offenbar gemundet haben, könnte ich mich heute an eine etwas kompliziertere Kreation wagen. Kohlrabi oder Kartoffelsuppe oder Kohlrabikartoffelsuppe? Beim Kohl hat der Kompostierungsprozess leider schon begonnen, was die Auswahl etwas einschränkt.«

»Überrasch mich!«, antwortete ich. Obwohl ich bereits überrascht genug war.

»Das versteht sich von selbst, wenn ich koche, fürchte ich«, meinte er und legte eine Tüte Kartoffeln und ein Bund Suppengrün in den Wagen.

»Wollen die anderen wirklich nur Kaffee und Filter?«, erkundigte ich mich. Ich hatte ganz vergessen, noch einmal nachzufragen, und Ali und Lena waren vorhin so in ihr Spiel vertieft gewesen, dass sie nicht viel mitbekommen hatten.

»Hast du die Süßigkeiten- und Knabberkramberge gesehen?«, fragte er zurück. »Die stecken in einer Umzugskiste unterm Küchentresen, weil im Schrank in Frauenreichweite kein Platz mehr war. Ali macht Urlaub von ihrer Babybauchdiät, hat sie mir erklärt. Nachdem sie ihre erste Kugel Josefine getauft hat, kann sie die nächste Jo-Jo-Effekt nennen, wenn sie nicht aufpasst. Flo ernährt sich offenbar ausschließlich von Pulver und braucht lediglich einen Wasserhahn. Und was Lena isst, bestimmt der wählerische David. Der hat aber so einen Monsterstoffwechsel, dass er pro Tag drei Stangen Frittierfett mit Sahnehäubchen und Zuckerstreuseln futtern könnte, ohne ein Gramm zuzunehmen. Die wollen hier die ganze Woche nicht einkaufen gehen. Das ist kein Witz, obwohl es ein Witz ist.«

Wir nahmen noch ein paar Äpfel, Karotten und Tomaten mit und luden zwei Packungen Haferflocken in den Wagen, da wir beide gern Porridge aßen. Bei Schwarzbrot, Frischkäse und Zartbitterschokolade waren wir ebenfalls einer Meinung. Kulinarisch waren wir also offenbar kompatibel. Charakterlich leider nicht. Wann immer ich ihn sah, dachte ich unwillkürlich an das wackelnde

Bett. Da half auch keine Aussicht auf selbst ge-
machte Kartoffelsuppe.

Die gemütliche Tischrunde vom Frühstück wieder-
holte sich beim Mittagessen nicht. Flo war noch immer nicht von seiner Tour zurück, und Lena und
Ali befanden sich in einer wichtigen Phase ihres
Spiels und aßen die Suppen, die David warmge-
macht hatte, und den Buttertoast am Couchtisch
mehr so nebenbei. Zwei halbleere Chipstüten er-
klärten ihren gemäßigten Appetit. Es lag also nicht
an der Dosensuppe, dass einiges übrigblieb.

Phil und ich aßen schweigend seinen Eintopf,
der für meine Begriffe optimal gesalzen war, und
lauschten Davids Plänen für eine Wattwanderung.
Wann diese sagenhafte Unternehmung in die Tat
umgesetzt werden konnte, stand jedoch noch in
den Sternen, da nicht nur wie heute das Wetter mit-
machen, sondern auch Lena sich in einer Spielphase befinden musste, die eine Unterbrechung zu-
ließ.

Es fand sich dann doch noch ein Abnehmer für
die Toastbrot- und Dosensuppenreste: Flo kam total verschwitzt zur Tür herein, verströmte einen
atemraubenden Duft und aß im Stehen aus dem
Topf, den er anschließend mit einer ungetoasteten
Brotscheibe ausrieb. Phils Suppe, von der ebenfalls
etwas übrig war, verschmähte er, weil Kartoffeln
ungesunde Kohlenhydrate enthielten und er dringend Proteine brauchte, wie er uns mit vollem
Mund erklärte.

Vermutlich blickte ich nicht sonderlich intelligent aus der Wäsche, als ich über die Zusammensetzung von Buttertoast nachdachte. Doch ich freute mich auf unsere aufgewärmten Reste zum Abendessen.

»Leider war im Supermarkt das Regal mit den Schweinen leer«, erklärte Phil mit traurigem Blick. »Sonst hätte ich gern eines für dich abgestochen, werter Schwager.«

Gegen meinen Willen musste ich grinsen.

Nach dem Essen legte ich mich auf mein Bett und las ein wenig, weil der Lärmpegel im Erdgeschoss weiter gestiegen war, seit Flo und David sich dort eine Sportsendung ansahen und die beiden Computerspielerinnen sich entsprechend lauter verständigen mussten. Wie Phil das beim Lesen ausblenden konnte, war mir schleierhaft, aber zum Glück konnte er es, und ich hatte das Zimmer für mich.

Leider verpassten immer dann, wenn ich gerade einnicken und etwas Schlaf nachholen wollte, irgendwelche Sportler irgendwelche Chancen, was Flo schrecklich zu ärgern schien. Das Haus war leider extrem hellhörig.

Am späteren Nachmittag packte ich die schlafende Josie unter Alis Anleitung in den Kinderwagen, um ein wenig die Umgebung zu erkunden. Doch ich kam nicht weit. Nach zwei Querstraßen verschluckte sich die Kleine an ihrer eigenen Spucke, hustete, schlug die Augen auf und brüllte wie am Spieß. Möglicherweise war ihr aufgegangen, dass es sich bei dem erschrockenen Wesen vor ihrer

Nase definitiv nicht um die Mama handeln konnte, weil die viel souveräner reagiert und sich um diese Zeit sicherlich in einer wichtigen Phase eines albernen Computerspiels und nicht auf dem Weg zu einem Deich mit Blick auf Juist und Norderney befunden hätte. Eine Verwechslung war also ausgeschlossen. Nach drei vergeblichen Versuchen, Josie mit ihrem Schnuller zu bestechen, gab ich mich geschlagen, kehrte um und schob den Wagen mit dem geräuschvollen Inhalt zur echten und einzigartigen Erzeugerin zurück.

Vor dem Haus wollte Flo gerade sein Rad besteigen, hielt mitten in der Bewegung inne und schaute mich ratlos an, als habe er seine Tochter noch nie schreien gehört. Ich befolgte Alis Ignorier-Ratschlag kurzerhand auch bei ihm.

Gerade, als ich klingeln wollte, riss Phil die Tür auf und grinste. »Ist das die Spezialsirene für Großbrand, Springflut und Atombombeneinschlag? Nein, es ist meine Nichte, die zukünftige Opernsängerin.«

Zu meiner Schande musste ich mir eingestehen, dass ich mir bis zu diesem Zeitpunkt keine Gedanken über die Verwandtschaftsverhältnisse meiner Miturlauber gemacht hatte. Es war aber auch kaum zu glauben, dass dieser baumlange, seit geraumer Zeit unrasierte, ungekämmte und offenbar an einer Friseurphobie leidende Kerl mit einem so niedlichen Wonneproppen verwandt sein konnte. Doch während ich den Wagen mit der Protestsong-Komponistin in den Eingangsbereich schob, wo mir Ali bereits entgegenkam, fiel mir auf, dass Josies Gesicht zumindest momentan ähnlich unsympathisch wirkte wie Phils. Und auch ihre hellblonden Haare standen genauso wirr vom Kopf ab wie seine dunkelblonden. Das Blau ihrer Augen war intensiver als bei ihm, aber letztlich musste sie nur noch dummes Zeug sprechen lernen, um auf einem guten Weg zu sein. Nerven konnte sie jedenfalls jetzt schon, was das Zeug hielt.

»Ich weiß nicht, was Charlie mit der Kleinen gemacht hat«, meinte Flo, der mir ins Haus gefolgt war.

Ali verdrehte die Augen und nahm Josie aus dem Wagen, die sofort mit dem Schreien aufhörte und lächelte.

»Nichts habe ich gemacht!«, verteidigte ich mich.

»Natürlich nicht!«, meinte Ali und gab Josie einen dicken Kuss auf die Wange, der begeistert entgegengenommen wurde.

»Aber Josie hat was gemacht, würde ich sagen.« Phil beugte sich hinunter und schnüffelte an der Windel. »Oder riecht die Babycreme neuerdings nach öffentlicher Herrentoilette? Ich kenne mich damit nicht aus.«

»Das kann doch gar nicht sein. Sie hatte vorhin schon ihr Geschäft in der Windel und Flo hat sie gewickelt.« Ali sah Flo an, der ein betretenes Gesicht machte. »Du hast sie nicht gewickelt«, stellte sie sachlich fest. »Du hast gesagt, du machst es gleich.«

»Ja, ich mach' es ja auch gleich«, Flo sah mich aus mir unerklärlichen Gründen wütend an, schnappte sich seine Tochter und verschwand mit ihr nach oben. Die Dreckspur, die er mit seinen

Sportschuhen hinterließ, entfernte ich, als er anschließend wieder draußen war, wo er mal wieder das zugeführte Eiweiß in Muskelmasse umwandelte.

Nach dem Abendessen trat ich den geplanten Spaziergang allein und wesentlich geräuschloser an. Mir gefiel der Weg zwischen Meer und Deich. Dort konnte ich nicht nur mir von der salzigen Luft die Haare verkleben lassen, sondern mich auch ganz meinen Träumen von dunkelgelockten Liebhabern meiner Freundinnen hingeben, ohne dass jemandem mein schuldbewusster Gesichtsausdruck aufgefallen wäre.

Bei meiner Rückkehr bot sich mir das inzwischen gewohnte Bild: Ali und Lena spielten kichernd, Flo und David sahen sich eine Sportsendung an, nur Phil lag nicht mehr auf der Dreiercouch, sondern vor dem Wohnzimmertisch auf dem Teppich und las Josie, die neben ihm auf der Krabbeldecke strampelte und ihren Schnuller bearbeitete, leise aus einem der zweifelhaften Romane vor.

Meinen Plan, im Wohnzimmer zu übernachten, gab ich auf und beschloss stattdessen, früh schlafen zu gehen und großzügig zu sein. Sollte er da unten doch machen, was er wollte. Es ging mich schließlich nichts an, wie und mit wem er sein Privatleben gestaltete. Viel Auswahl hatte er mit dem Look sicherlich nicht bei den Frauen.

Ich wünschte allen eine gute Nacht, was auf Verwunderung stieß, da es erst acht war, duschte und las anschließend in unserem Zimmer. Zwischendurch hörte ich, wie Josie ins Bett gebracht wurde, was mich aber nicht ablenkte. Gegen zehn löschte ich das Licht und schlief bald ein.

Ein heftiges Schwanken des Etagenbetts und ein halb unterdrückter Fluch ließen mich hochschrecken. Es war stockdunkel.

»Phil?« Ich knipste die kleine Wandleuchte neben mir an.

»Nein, hier ist nicht Phil, sondern ein friesischer Poltergeist namens *Schepper-Klapper-Bautermann*. Sorry, ich bin im Dunkeln gegen das Bett gestoßen, weil ich dich nicht mit dem Licht wecken wollte. Und was machst du so?« Er stand direkt vor dem Bett und sah mir mit einem gespielt interessierten Gesichtsausdruck aus etwa dreißig Zentimetern Entfernung in die Augen. Hatten die da unten Alkohol getrunken? Ich roch aber keine Fahne.

»Was ich mache? Ich verbringe den Rest der Nacht auf der Dreiercouch. Sind die anderen auch schlafen gegangen?« Mir reichte es nämlich endgültig. Ich fühlte mich ohnehin schon wie im Zoo. Da konnte ich auch gleich im Gemeinschaftsbereich übernachten.

Er wirkte ehrlich erschrocken und ging zwei Schritte rückwärts.

Ich schlug die Decke zur Seite und machte Anstalten hinunterzuklettern.

»Du meinst das ernst«, konstatierte er und sah mich fassungslos an. Doch dann fing er sich wieder. »Hey, du kannst nicht mitten in der Nacht auf die Couch umziehen! Das schadet meinem Ruf!«

Ich blickte ihn kurz verwirrt an, hielt mich dann aber an Alis Ignorier-Ratschlag und kletterte die Leiter hinunter. Mir war sein Ruf herzlich egal.

»Die denken doch dann, dass ich schnarche!«, fügte er hinzu, weil er wohl nicht mehr länger auf ein *Warum* von mir warten wollte. »Du machst echt Ernst! Okay, dann lass wenigstens mich auf der durchgesessenen Couch schlafen.«

»Damit sie denken, dass ich schnarche?« Ich legte meine Bettdecke zusammen.

»Du bist gar nicht so humorlos, wie du immer tust. Bitte gib mir zwei Minuten Zeit, dich zum Bleiben zu überreden. Bitte! Ich will dich nicht festhalten oder dir den Weg versperren, weil das unfair wäre. Ich bin nun mal stärker als du. Also sei du auch fair und gib mir eine Chance.« Phil grinste breit.

»Okay. Zeit läuft: ticke, ticke, ticke …«

»Kannst du das bitte lassen? Das bringt mich ganz aus dem Konzept.«

»Noch eine Minute und fünfzig Sekunden. Ticke, ticke, ticke …«

»Wenn du versprichst, den Rest des Urlaubs hier in diesem Zimmer zu schlafen, zeige ich dir meine Zeichnungen!« Er sprach wie ein Maschinengewehr. »Und du kannst jetzt aus zwei Gründen nicht Nein sagen: Erstens würdest du meine empfindsame Künstlerseele verletzen, wenn du erklärst, dass dir meine Kritzeleien völlig wurscht sind. Das würde nicht zu deinem Image von wegen Gutmütigkeit, Gutherzigkeit und Gift passen.« Er holte tief Luft.

»Ist mir trotzdem wurscht. Du hast noch gefühlt dreißig Sekunden für *zweitens*.« Ich blickte auf eine imaginäre Armbanduhr an meinem Handgelenk.

»Zweitens würdest du dich sehr verdächtig machen. Frauen sind von Natur aus neugierig. Das hängt mit dem Östrogenspiegel zusammen und wurde nur noch nie wissenschaftlich untersucht. Deshalb bekam noch keiner den Nobelpreis für die Entdeckung. Wenn du also nicht neugierig bist, heißt das, dass du heimlich meine Tasche durchwühlt hast und die Zeichnungen längst kennst.«

Ich musste gegen meinen Willen lachen. »Und wenn mir das auch wurscht ist?«

»Dann hätte ich noch *drittens* anzubieten, aber die Uhr ist leider abgelaufen, fürchte ich.« Er wirkte tatsächlich niedergeschlagen. Oder war er ein genialer Schauspieler?

»Ich leihe dir dreißig Sekunden. Bedanke dich bei meinem neugierigen Östrogenspiegel.«

»Ali hat gestern gesagt, dass ich nach Hause muss, wenn ich dir zu sehr auf den Wecker gehe.«

Ich starrte ihn an. Er klang wie ein kleiner Junge, der von seiner wesentlich älteren Schwester Vorschriften gemacht bekam. Aber die beiden waren Zwillinge! Er zahlte hier seinen Anteil und hatte das Recht zu bleiben.

Phil senkte den Blick. »Ich lebe momentan bei meinen Eltern in meinem früheren Kinderzimmer und warte darauf, dass Ali und Flo, die dort im Keller wohnen, eine größere Wohnung finden. Das ist nicht spaßig, weil unser Vater sehr humorlos ist. Wenn sie ausziehen, kann ich die Einliegerwohnung und ein klein wenig mehr Abstand haben.

55

Normalerweise hänge ich in meiner Freizeit viel bei Ali herum. Aber solange sie in Urlaub ist, kann ich mich ja schlecht in die leere Wohnung setzen, wenn mir mein alter Herr auf den Keks geht. Oder wohl eher ich ihm.«

So viel Input musste ich erst einmal verarbeiten.

»Bitte sag jetzt was. Irgendetwas, das dir gerade durch den Kopf geht«, bettelte er mit Hundeblick. Er schien tatsächlich ein begnadeter Schauspieler zu sein. Die Typen aus den Billigfernsehserien steckte er jedenfalls locker in die Tasche.

»Ich denke an Dominosteine. Stupst man hier einen an, fällt in Freiburg der letzte um«, meinte ich mit todernstem Gesicht.

»Es ist dein gutes Recht, Blödsinn zu denken. Da rede ich dir nicht hinein. Hast du mir trotzdem ein bisschen zugehört?«

»Wenn ich auf der Couch schlafe, muss du nach Hause und deinem Vater auf den Keks gehen?«

»So könnte man es auch ausdrücken.« Den zerknirschten Gesichtsausdruck hatte er ebenfalls gut drauf.

»Natürlich kann ich nicht zulassen, dass unbeteiligte Dritte auch noch zu Schaden kommen.« Ich konnte ein Grinsen nicht mehr länger unterdrücken.

»Du bist also bereit, dein Hühnerleiterchen hochzuklettern?« Er hatte ganz offensichtlich wieder Oberwasser.

»Du wandelst auf dünnem Eis!« Ich lachte.

»Ich verspreche auch, dir dabei nicht unters Nachthemd zu gucken.«

An diese Möglichkeit hatte ich bis jetzt noch gar nicht gedacht. Fieberhaft überlegte ich, ob er mal im Bett gelegen hatte, als ich auf der Leiter gewesen war.

Phil feixte. »Ich kann übrigens Gedanken lesen, und die Antwort lautet: Nein.«

»Okay, dann nicht. War ja nur ein Vorschlag. Schade eigentlich. Wäre sicherlich ganz nett gewesen.« Ich konnte auch Stuss reden, wenn ich mir viel Mühe gab.

»Dir ist klar, dass ich jetzt den Rest der Nacht wachliege und grüble, was du eben gedacht hast?«

»Ja, ist mir klar. Geschieht dir recht.« Ich kletterte die Leiter hoch, solange er noch nicht im Bett lag, und beschloss, mich am nächsten Morgen in den Touristenläden nach einem Schlafanzug umzusehen.

3. Gepflegte Langeweile

Als ich aufwachte, schien die Sonne durch die Ritzen neben dem Rollo, und Phils Hausschuhe standen nicht mehr vor dem Bett. Er musste sehr leise aufgestanden sein. Ich stieg die Leiter hinunter und sah auf die Armbanduhr, die ich auf der Wickelkommode abgelegt hatte: halb zehn. Was war nur mit Josie los? Hatte sie sich am Vortag auf unserem Spaziergang so verausgabt, dass sie heute ihre Stimme schonen musste? Oder war es dafür zu spät, und sie bekam keinen Ton mehr heraus? Ich zog das Rollo hoch, öffnete das Fenster, suchte ein paar Klamotten heraus und ging ins Bad.

Im Erdgeschoss begrüßte mich Lena, ohne aufzusehen: »Kannst du heute den Küchendienst übernehmen?«

Ich überlegte fieberhaft, ob damit das Aufwärmen der Doseninhalte gemeint war oder ob ich tatsächlich für alle etwas kochen sollte, was mir und nicht ihnen schmeckte, und versuchte mit einem zaghaften »Guten Morgen!« Zeit zum Nachdenken zu gewinnen.

»Herzlichen Dank. Ich wünsche dir ebenfalls einen wunderschönen guten Morgen«, grüßte Phil ausgesucht höflich zurück. Er lag auf der Dreiercouch mit einem Roman in der rechten Hand und überließ die linke Josie, deren Babywippe neben Ali auf der Zweiercouch stand. »Wenn ich mal übersetzen dürfte: Du sollst nachher das Chaos in der Küche beseitigen, weil unsere beiden virtuellen Landwirtinnen mit *Rutabaga Harvest* voll ausgelastet sind und ihre männlichen Begleiter sich um ihren Muskelaufbau beziehungsweise um ihre so gut wie nahtlose Bräune kümmern müssen.« Er parkte den aufgeschlagenen Roman auf seiner Brust zwischen und deutete mit dem Daumen auf die Terrassentür, hinter der David in einer extrem knappen Badehose, die nicht viel zu raten übrigließ, in der Sonne lag.

Dass dem das nicht zu kalt war, wunderte mich sehr. Doch so hatte ich mir schon immer Eros, den griechischen Gott der Liebe, vorgestellt. Schnell blickte ich weg und hoffte, dass ich nicht allzu rot geworden war.

Phil fuhr fort: »Du hast also heute als Einzige von uns frei, denn ich muss noch unbedingt dieses alberne Buch zu Ende querlesen, obwohl ich mir denken kann, dass es wie all die anderen ausgehen wird.« Er zeigte auf das gefüllte Bücherregal in der Ecke. »Für uns beide kannst du zu Mittag aus den restlichen Kartoffeln Bratkartoffeln machen. Unsere Haustiere bekommen wieder ein paar Dosen geöffnet. Vielleicht bevorzugen sie aber auch das Trockenfutter.« Er deutete auf die Chipstüten auf dem Wohnzimmertisch. »Das soll übrigens gut gegen Zahnstein sein.« Er zog die Beine an, sodass ein Platz für mich frei wurde. »Setz dich zu uns. Eine Hand zum Spielen kann ich dir nicht anbieten, die hat Josie bereits gebucht, aber zwei Füße wären noch frei, falls du dich langweilst. Die erste Stunde kostet zehn Euro. Jede weitere fünf.« Er vertiefte sich wieder in sein Buch und zog die Stirn in Falten.

Ali formte mit den Lippen *ignorieren* und sagte laut: »Guten Morgen, Charlie! Ja, setz dich! Momentan kannst du eh noch nichts in der Küche machen. Wir haben gestern vergessen, die Spülmaschine zu starten, aber die müsste bald fertig sein. Deshalb steht alles voll. Um unser Essen kümmern wir uns natürlich selbst.«

Erleichtert atmete ich auf und setzte mich mit meinem Reader zu Phil. Es sollte mir also erspart bleiben, mit leerem Magen zwei verschieden stinkende Brühen umzurühren. »Ich kann mich gern immer ums Geschirr kümmern«, bot ich an.

»Super. Danke«, antwortete Lena geistesabwesend. »Yeah!« Sie riss beide Arme hoch. Das *Yeah* galt höchstwahrscheinlich nicht mehr mir, denn kurz zuvor war eine pinkfarbene Meldung auf ihrem Bildschirm aufgeblinkt.

»Verdammt!«, rief Ali so laut, dass Josie von Phils wackelnden Fingern, die sie fest umklammert hielt und bis jetzt lächelnd hypnotisiert hatte, erschrocken aufsah und die Unterlippe vorschob.

»Kein Grund zur Panik, Prinzessin!«, meinte Phil zu ihr. »Deine Mama hat nur gerade ihren virtuellen Traktor in den Straßengraben gefahren, ihr virtuelles Bauernhaus in Brand gesteckt, die virtuelle Jauchegrube in die Luft gejagt oder sonst einen bescheuerten Fehler in diesem bescheuerten Spiel gemacht. Ich könnte dir ja zur Ablenkung aus diesem Buch vorlesen, aber die Stelle ist gerade nicht jugendfrei. Oder doch? Oder nein? Doch? Nein? Nein, sie sinkt ihm jetzt doch noch nicht seufzend in die Arme und reißt sich das Mieder vom Leib. Das kommt erst am Ende. Das lerne ich wohl nie!«

»Was liest du da für einen Mist?«, fragte Ali, ohne aufzublicken.

»Das ist eines von erstaunlich vielen fast identischen Werken einer Autorin, die offensichtlich unter einer Persönlichkeitsspaltung litt oder nicht wusste, wie sie wirklich hieß. Hier nennt sie sich Victoria Sold …«

»Sag nichts gegen ihre Bücher!«, unterbrach ihn Ali. »Die hat Oma mir mal geliehen. Die sind richtig gut! Du musst zum Vergleich alte Heftchenromane lesen. Da zieht es dir wirklich die Schuhe aus!«

Phil drehte das Buch, sodass die Schrift auf dem Kopf stand. »Ahhh! Viel besser! Mein Fehler! Ja, du hast recht. Auf diese Weise geht das gleich richtig gut los und am Ende sind sie getrennt. Das nenne ich mal ein gelungenes Happyend!«

Ali blickte auf und sah ihn prüfend an, doch Phil hielt das Buch wieder richtig herum und las weiter.

»Rechts unten im Regal stehen die gesammelten Werke von Theodor Storm«, sagte ich scheinheilig zu Phil. »Die gehören nämlich an der Nordseeküste zur Grundausstattung der Ferienhäuser.« Dass ich auf meinem Reader gerade ebenfalls Storm las, sagte ich ihm lieber nicht. Es reichte, wenn Lena mich für einen langweiligen Sonderling hielt.

Doch ihn schien das Buch tatsächlich zu interessieren. »Was? Wo?« Phil hechelte wie ein Hund und ließ albern die Zunge aus dem Mund hängen.

»Rechts unten.«

»Verdammt! Warum nur habe ich links oben im Regal mit dem Lesen begonnen?«

»Lässt sich das nicht mehr ändern?«

»Mal versuchen …« Er tat so, als wolle er seine linke Hand aus Josies Umklammerung ziehen und es sei unmöglich. »Hilft nichts! Sie ist stärker als ich. Nun muss ich diesen Liebesschmonzes lesen, bis sie freiwillig loslässt«. Er mimte einen Tränenausbruch. »Warum nur habe ich ihr letzte Woche meine Finger angeboten? Eine Stunde hatten wir vereinbart! Allerhöchstens zwei! Nun sind es schon fünf Tage! Aber so besitzergreifend sind sie, die Weiber!«

Ich stand lachend auf und holte ihm das Buch.

Er presste es an seine Brust, sah mir in die Augen und sagte mit scheinbar tränenerstickter Stimme: »Ich liebe dich von ganzem Herzen.« Dann schlug er das Buch auf, blätterte zur ersten Erzählung und meinte beiläufig: »Und die Charlie finde ich bei näherer Betrachtung eigentlich auch ganz nett.«

Den Roman, den er auf den Tisch gelegt hatte, stellte ich ins Regal zurück. Dann sah ich in der Kochecke nach, ob die Spülmaschine inzwischen fertig war. Denn das Chaos war wirklich unbeschreiblich.

Gerade als ich mich nach den letzten Tellern im unteren Korb der Maschine bückte, nahm ich aus den Augenwinkeln eine Bewegung wahr. Ich sah automatisch hin. Es war eine knappe Badehose in Großaufnahme. David stand neben mir.

»Guten Morgen, Charlie!« Wieder sprach er meinen Spitznamen so wunderbar aus und lächelte mich an.

Schnell richtete ich mich auf, weil mir plötzlich schwindelig war. »Guten Morgen!«, flüsterte ich und zwang mich, ihm ins Gesicht zu sehen. Ich atmete tief durch, nahm ein Glas aus dem oben Korb und ließ Wasser hineinlaufen, das ich in einem Zug trank. Eigentlich hatte ich mir schon früher einen Tee machen wollen, jedoch keinen sauberen Becher gefunden. Kein Wunder machte mein Kreislauf schlapp! Es war halb elf, und ich hatte noch nichts getrunken!

David legte mir die Hand auf die Schulter. »Darf ich mal vorbei?«

Ich bekam eine Gänsehaut, obwohl sich seine Hand durch den Stoff meines T-Shirts hindurch warm anfühlte. Täuschte ich mich, oder war hinter mir nicht genug Platz für einen drahtigen Kerl wie ihn? Verwirrt machte ich einen Schritt zur Seite, schlug mir den Fußknöchel an der Ecke der heruntergeklappten Spülmaschinenfront an und unterdrückte tapfer einen Schmerzensschrei, obwohl mir gerade sehr danach war.

David inspizierte den Vorratsschrank, nahm dies und das heraus, stellte jedoch alles wieder zurück. Zählte er die Dosen nach? Wo aber befand sich seine Inventurliste? Er ging mit leeren Händen sehr dicht an mir vorbei und schenkte mir ein – ja, fast zärtliches Lächeln. Was hatte er eigentlich in der Küche gewollt?

Was auch immer er gewollt hatte, mir beim Einräumen des Dreckgeschirrs zu helfen, war es jedenfalls nicht gewesen. Das machte ich allein. Danach säuberte ich die Arbeitsflächen und den Herd, auf dem gestern eine der Dosensuppen übergekocht war.

Ich brühte mir einen Weißtee auf und humpelte zu den anderen in den Wohnbereich zurück. Zum Glück hörte der Knöchel langsam auf zu brummen. Ali und Lena schien ihr Spiel noch immer nicht langweilig geworden zu sein. David lag wieder draußen auf der Terrasse in der prallen Sonne. Ich hätte auf diese Weise selbst mit Lichtschutzfaktor 50+ längst einen Sonnenbrand bekommen, aber er schien lediglich immer brauner zu werden. Nur Phil hatte kein Buch mehr vor der Nase, sondern ein Skizzenbuch und einen Stift in den Händen.

»Sie hat tatsächlich losgelassen!«, erklärte er mir strahlend, als ich mich zu ihm auf die Couch setzte, und schien noch immer überwältigt zu sein von diesem Wunder. »Dabei hatte ich ihr bloß so ganz nebenbei die Rechnung für letzten Monat präsentiert. Ja ja, hätte sie mal besser eine Finger-Flatrate abgeschlossen! Hinterher ist man immer klüger!«

Josie hielt nun ihren rosafarbenen Stoffhasen in den Händen und schielte ihn lächelnd an.

Ich zuckte zusammen, als Phil mir kurz sein Skizzenbuch vor die Nase hielt und sofort wieder wegnahm. Ich konnte den Babykopf und den Hasen auf die Schnelle nur schemenhaft erkennen.

»Erledigt!«, stellte er sachlich fest. »Ich hatte gestern versprochen, es dir zu zeigen.«

Ich sah ihn von der Seite an. Seine Lippen zuckten ganz leicht. Verbiss er sich ein Lachen?

Josie schlief ein und der Hase kippte ihr halb aufs Gesicht.

Phil blätterte seelenruhig um und begann eine neue Zeichnung.

Mittags übernahm Phil mit dem Argument, ich sei nur die Spülmamsell und er schließlich der Koch, das Anbraten der restlichen Kartoffeln vom Vortag. Er hatte sie alle geschält und gekocht und nur einen Teil für die Suppe verwendet. Er schien Routine in solchen Dingen zu haben, was mich überraschte, da viele in meinem Bekanntenkreis, Männer und Frauen, von den Eltern so verwöhnt worden waren, dass sie jetzt, mit Anfang bis Mitte zwanzig, nicht einmal ein Spiegelei braten konnten.

Nach dem Essen setzte ich meinen Sonnenhut auf und machte einen langen Spaziergang durch den Ort. Nach dem Fiasko vom Vortag verzichtete ich darauf, den Kinderwagen mitzunehmen. Ich wollte mich aus gegebenem Anlass nach einem Schlafanzug umsehen und hätte Josie aus dem Wagen nehmen müssen, da ich sie ja schlecht draußen vor dem Laden lassen konnte. Der Kinderwagen bestand zwar nur aus einem Gestell, an dem die Babyschale fürs Auto befestigt wurde, und ich hätte Josie in der Babyschale mit hineinnehmen können, aber ich sah mich trotzdem schon fluchend an dem verdammten Ding rütteln, das bei jedem einrastete nur nicht bei mir, sodass höchstens ich ausrasten würde.

Zum Glück schien es jede Menge Touristen zu geben, die entweder keine Wettervorhersagen deuten oder die Urlaubsgarderobe nicht vernünftig zusammenstellen konnten, denn obwohl Norddeich ein relativ kleiner Ort war, war der Klamottenladen, über den ich stolperte, recht gut sortiert. Nur für meinen Geschmack war nichts dabei. Die Sommerkollektion war schon ziemlich ausgesucht, und der einzige Kurzschlafanzug in meiner Größe war weiß mit kleinen, pinkfarbenen Fischen, Muscheln und Seepferdchen und einem großen Seepferdchen vorn auf der Brust. An der Kasse kam mir der Gedanke, dass er sicher sehr gut zu dem hellblauen Exemplar passte, das mein Bettgenosse trug, was zusammen mit dem Etagenbett unserem Urlaub eine gewisse Landschulheimatmosphäre gab.

Ich verstaute meine Neuerwerbung in meiner Handtasche, die recht geräumig war, weil ich darin auch immer eine kleine Wasserflasche herumtrug, und ging wie schon am Vortag zwischen Deich und Meer spazieren. Meine Gedanken wanderten automatisch zu David, aber zur anfänglichen überschwänglichen Begeisterung gesellte sich ein großes Fragezeichen. So sehr mich Themen wie das Wattenmeer interessierten, da mir die Natur sehr am Herzen lag, wurden mir diese ernsthaften Gespräche auf Dauer doch ein klein wenig langweilig. Mir reichte es nicht, einen Mann anzusehen. Ich wollte auch mit ihm lachen können! Als David beim Mittagessen wieder damit angefangen hatte, hatte ich mich mehrmals dabei erwischt, dass ich lediglich dem Klang seiner angenehmen Stimme, nicht aber seinen Worten gelauscht hatte. War die Verliebtheit bald vorbei?

Ich wünscht es mir, denn da war noch etwas anderes, das mir Rätsel aufgab: Suchte er tatsächlich meine Nähe, oder war das reines Wunschdenken meinerseits? Es gab Menschen, die andere gern berührten, ohne irgendetwas damit zu beabsichtigen. Es geschah als Zeichen der Sympathie. Vielleicht mochte David mich einfach nur und sah in mir nichts weiter als die Freundin seiner Freundin. Wenn man gemeinsam in Urlaub fuhr, wurde der Umgang miteinander automatisch vertrauter. Vermutlich interpretierte ich etwas hinein, das nur in meinem Kopf existierte. Und es gab auch Menschen, die kein Problem hatten, Haut zu zeigen. Nicht jeder war so verklemmt wie ich. Und bei Männern war es nicht üblich, ein Strandkleid überzuziehen oder womöglich einen Pareo umzubinden, wenn man den Strand oder in Davids Fall die Sonnenterrasse verließ. Wahrscheinlich wollte er kurz etwas in der Küche nachsehen, ich stand ihm im Weg, und bis er endlich am Schrank war, war der Appetit wieder weg, oder ich hatte ihn so abgelenkt, dass er nicht mehr wusste, was er wollte. So musste es gewesen sein!

Oder? Wenn er tatsächlich ein Interesse an mir hatte, das über den platonisch-freundschaftlichen Umgang hinausging, musste ich mir rechtzeitig Gedanken über die Konsequenzen machen. Lena spielte zwar tagsüber wie eine Besessene dieses merkwürdige Spiel, aber ihre Blicke, ihre Gesten und ihr Gekicher, das nachts ganz leise im Haus zu hören war, zeigten eindeutig, dass sie noch immer wahnsinnig in David verliebt war. Eine Liebesbeziehung zwischen mir und David wäre das Ende meiner Freundschaft mit Lena. Wollte ich das? Nicht nur mein Gewissen sagte ganz leise Nein, sondern auch mein Bauchgefühl. Mir war Lena wichtiger als David. Die Erkenntnis traf mich wie ein Schlag vor den Kopf. Doch auch ein anderer Gedanke spielte eine Rolle: Wollte ich eine Beziehung zu einem Mann, der mit einer anderen anbändelte, während er mit seiner aktuellen Freundin ein Bett teilte? Wer das einmal tat, tat es vermutlich bald darauf wieder, und hatte es vielleicht schon mehrmals praktiziert.

Je länger ich über David nachdachte, desto mehr Gefühle für ihn verkrümelten sich leise. Ich beschloss, ihm aus dem Weg zu gehen. Vor meinem geistigen Auge sah ich Ali mit den Lippen das Wort formen: *ignorieren!*

Ich setzte mich auf einen der Wellenbrecher und starrte auf die Inseln, die nah und dennoch gleichzeitig unerreichbar erschienen. Wie David.

Auf dem Rückweg fühlte ich mich leicht und unbeschwert, als sei meine Verliebtheit eine Belastung und keine Bereicherung gewesen. Ich beschloss, nun so viel wie möglich allein zu unternehmen, und überschlug im Kopf, wie viele Teestubenbesuche bei schlechtem Wetter meine Urlaubskasse hergeben würde.

»Eigentlich wollte ich flache Steine suchen und übers Wasser hüpfen lassen, um Frauen zu beeindrucken, aber erstens habe ich keine Ahnung, wie das geht, und zweitens ist das Meer weg«, sagte neben mir eine mir inzwischen vertraute Stimme. Phil saß mit seinem Skizzenbuch auf einem Wellenbrecher und grinste mich breit an.

»Na, so ein Pech aber auch! Bring eben beim nächsten Mal einen Eimer Wasser mit«, antwortete ich, grinste zurück, so breit ich nur konnte, und ging weiter.

»Wenn du dich zu mir setzt, darfst du die anderen Zeichnungen sehen!«, rief er mir hinterher. »Du weißt doch: neugieriges Östrogen und so weiter!«

Ich kehrte um und setzte mich neben ihn. »Zeig mir aber nicht alle, sonst funktioniert das Druckmittel in Zukunft nicht mehr.«

»Keine Angst! Ich habe noch andere Hefte, und es kommen ja auch laufend Skizzen dazu.« Sein Grinsen wirkte unsicher. Er saß da, mit dem Skizzenbuch in der Hand, und machte aber keine Anstalten mehr, mich hineinsehen zu lassen.

Ich hatte ihm zugewandt Platz genommen. Doch als er mir nichts zeigte, setzte ich mich gerade hin und blickte aufs Meer. Das sah ich ja schon einmal gar nicht ein, ihn anzubetteln! Ein paar Minuten wollte ich ihm geben und dann gehen, ohne mich noch einmal zurückholen zu lassen.

Aus den Augenwinkeln konnte ich unter dem Rand meines Sonnenhuts erkennen, dass er weiterzeichnete. Doch ich drehte nicht den Kopf, um ihm zuzusehen. Wenn er ein Meer zeichnen wollte, das gerade gar nicht da war, stand ich ihm dabei ganz bestimmt nicht im Weg. Nach einer Weile setze ich meinen Beschluss in die Tat um und stand auf.

»He! Ich bin doch noch gar nicht fertig!«, rief er anscheinend ehrlich entsetzt.

Doch fast noch entsetzter war ich, als ich sah, dass er das Profil einer Frau mit Hut gezeichnet hatte. Ich wusste nicht, was ich sagen sollte, sondern starrte fassungslos auf seine Skizze.

»Die rechtliche Situation sieht so aus«, dozierte er grinsend. »Hätte ich dich fotografiert, würde ich bei einer Veröffentlichung deine Persönlichkeitsrechte verletzen. Ich habe dich aber gezeichnet. Da reicht die Schöpfungshöhe aus, dass die Rechte bei mir liegen. Vor allem dann, wenn man ein so hundsmiserabler Künstler wie ich ist, bei dessen Werken man keinerlei Ähnlichkeiten mit dem Modell erkennen kann. Keine Ähnlichkeit – keine Rechte verletzt.« Er lachte. »Ja, genau so regungslos, wie du jetzt vor mir stehst, hättest du eben sitzen bleiben müssen. Meinst du, du kriegst das hin?«

Mich ritt der Teufel. »Nur, wenn du ganz ernst und ohne eine Spur von Ironie *Bitte* sagst.«

»Boah! Das wird hart! Aber ich will es probieren. Augenblick! Muss mich mental auf diese gigantische Erniedrigung vorbereiten, damit ich seelisch keinen Schaden nehme.«

»Wo keine Seele ist, kann auch keine Schaden nehmen.«

»Wow! Schweres Geschütz!« Er fasste sich an die Brust, als habe ihn eine Kugel getroffen. »Bevor ich deine wahrlich monströse Forderung erfülle, würde ich gern etwas mit dir besprechen. Ganz ernst, sachlich und wissenschaftlich begründet. Setz dich *bitte*.« Er schien wirklich ernst zu sein,

70

und ich nahm neben ihm auf einem Wellenbrecher Platz.

»Ich lausche aufmerksam deinen wissenschaftlich begründeten Ausführungen. Hoffentlich sind sie nicht zu ausführlich, diese Ausführungen, sonst verpasse ich das Abendessen.« Dabei konnte ich mir ein süffisantes Lächeln nicht verkneifen.

Er schmunzelte kurz. Dann grinste er wieder breit. »Der Unterschied zwischen Männern und Frauen liegt in einem ganz bestimmten Chromosomenpaar. Da haben Frauen zwei X-Chromosomen und Männer ein X und ein Y-Chromosom.«

»Is' nich' wahr!«, kommentierte ich. »Dass ich das noch erleben darf, dass mir das einer erklärt …«

Er ließ sich von meinem Einwurf nicht beirren. »Wir Männer haben also streng genommen kein Zipfelchen mehr als ihr Frauen, sondern eines weniger.«

»Das hatte ich wirklich noch nie gehört!« Ich musste lachen.

»Lach nicht. Das Thema ist bitterernst! Bestimmte genetische Defekte, die Männer haben, treten bei Frauen so gut wie nicht auf, weil sie ein zweites X-Chromosom haben, mit dem sie die Defekte ausgleichen können, sofern es nicht zufällig denselben Schaden aufweist. Wir Männer können das nicht.«

Ich sah ihn erschrocken an. War er krank? War sein Verhalten keine Schrulle, sondern das Symptom einer mir unbekannten Einschränkung?

Er fuhr fort: »Langer Rede kurzer Sinn: Männer schnarchen, schwitzen, rülpsen, pupsen und onanieren. Und Frauen tun das nicht. Niemals. Fällt denen gar nicht ein. Da stehen die voll drüber und schauen völlig zu Recht auf uns Männer herab.«

Ich blickte ihn verdutzt an und musste plötzlich lauthals lachen.

»Ich habe es mitbekommen, dass du es mitbekommen hast. Leider zu spät«, flüsterte er und sah mich schuldbewusst an.

»Wahrscheinlich habe ich mich geirrt«, schlug ich großmütig vor, »und du hast in Wirklichkeit nur krampfhaft ein Aufstoßen unterdrückt.«

Er lachte. »Gut. Dir kann ich ja die Wahrheit anvertrauen: Ich habe im Geiste ein Gedicht geschrieben, und mein künstlerisches Ich hat bei jedem überaus vortrefflichen Reim leise geseufzt.«

»Klingt einleuchtend. Das müssen aber Massen von Reimen gewesen sein. Kann ich es hören? Das Gedicht. Nicht das Seufzen.«

»Nein, das geht leider nicht.«

»Du hast es nicht aufgeschrieben und inzwischen vergessen?«, schlug ich vor.

»Nein, es ist so sensationell gut, dass es sich in meinem Gedächtnis eingebrannt hat, aber die haushohe Qualität dieser bombastisch tollen lyrischen Leistung ist äußerst gefährlich! Eine Rezitation dieses Wahnsinnswerks würde dazu führen, dass du mir mit Haut, Haar und Seele volle Kanne verfallen würdest. Das Herzeleid der unerwiderten Liebe kann ich dir nicht zumuten. Es geschieht also zu deinem Schutz.«

»Das muss ja wirklich ein sensationelles Gedicht sein, wenn wir Frauen dir deshalb trotz des grässlichen Flokatiteppichs in deinem Gesicht verfallen würden.«

»Es kommt jedenfalls nicht wieder vor. In Zukunft dusche ich abends eiskalt und denke beim Einschlafen angestrengt an die Damen an der Essensausgabe der Mensa. Und bevor ich es vergesse …« Er holte tief Luft, blickte gespielt todernst und sagte: »Bitte!«

Ich blickte ihn verwirrt an.

Er holte noch einmal ganz tief Luft und ergänzte: »… setz dich regungslos hin, halt deinen Mund und lass dich zeichnen!«

»Das lasse ich gerade noch als ernsthaftes *Bitte* durchgehen. Üb das aber mal, damit es in Zukunft sitzt. Was muss ich tun?«

»Setz dich gerade hin, blick stinksauer oder zumindest zutiefst angesäuert aufs nicht vorhandene Meer und zieh den Hut ein kleines Stück tiefer in die Stirn, oder darf ich das machen?«

»Nein, du ziehst mir den Hut übers Gesicht und haust gehässig lachend ab. So okay?«

Er blickte abwechselnd aufs Papier und in mein Gesicht. »Schau mal geradeaus. Ja, okay. Bleib so. *Bitte!*«

Nach unserer Rückkehr steckte ich den neuen Schlafanzug zusammen mit den benutzten Handtüchern und meinem Nachthemd in die Waschmaschine und ermunterte die Anwesenden, ihre schmutzige Sechziggradwäsche hinzuzufügen.

Lena winkte ab, weil sie sich offenbar gerade in einer wichtigen Spielphase befand.

Ali blickte sehnsüchtig zum Bildschirm und murmelte: »Ich mach's gleich. Ist ohnehin nur Josie.«

Phil lachte. »Bevor du gedankenverloren Josie in die Waschmaschine steckst, erledige ich das besser für dich. Ich habe auch noch was. Wo steht der Wäschesack?«

»Neben der Kommode. Danke.« Ali konzentrierte sich weiter auf das Spiel, und ich folgte Phil nach oben. Während er die Sachen zusammensuchte, wartete ich im Badezimmer vor der Waschmaschine und startete sie, als er alles hineingesteckt hatte.

»Du bist erstaunlich vielseitig: Spülmamsell und Waschfrau in Personalunion. Was möchtest du denn morgen und übermorgen essen, fragt der faule Typ, der gern für zwei Tage kocht.«

»Ich mag alles außer Knoblauch und versalzenes Essen.«

»Gut. Ich packe alles außer Knoblauch und Salz auf den fertigen Pizzateig aus dem Kühlregal. Oder erwartest du, dass ich mit Hefewürfeln jongliere? Dann gibt es stattdessen nämlich Erbsensuppe.«

»Klingt beides gut.«

»Okay, dann packe ich Erbsensuppe auf den Pizzateig. Schließlich bin ich kreativ.«

Den Abend verbrachte ich lesend auf meinem Bett, denn draußen regnete es, und Flo und David hatten wieder den Sportkanal ausgewählt. Aus Flos lautstarken Äußerungen schloss ich, dass erstaunlich viele Chancen verpasst wurden oder irgendjemand leider nicht schnell genug war.

Gegen zehn nahm ich die Wäsche aus dem Trockner und legte sie hübsch zusammen. Pastelltöne herrschten eindeutig vor, was nicht nur an Josies Stramplern und meiner ulkigen Neuerwerbung lag, sondern auch Phils hellblauer Schlafanzug war mit von der Partie. Ich legte die Handtücher auf die Ablagen im Bad und im Gäste-WC und Phils Schlafanzug auf sein Kopfkissen und packte Josies Sachen in den Wäschekorb, den ich neben Alis Schlafzimmertür stellte. Ich hatte Angst, Josie zu wecken.

Danach beschloss ich, mich bettfertig zu machen, und wünschten denen unten eine gute Nacht, was mit gleichgültigem Wohlwollen zur Kenntnis genommen wurde. Phil schien es nicht einmal mitbekommen zu haben, was aber verständlich war, da man bei den Umgebungsgeräuschen vermutlich nur lesen konnte, indem man stoisch alles komplett ausblendete.

Als ich aus dem Bad kam, saß er zu meiner Überraschung breitbeinig auf seiner Bettkante, starrte vor sich hin und kratzte sich ausgiebig den Bart.

»Hast du Läuse?«, fragte ich ihn gespielt interessiert.

Er blickte vor sich auf den Bettvorleger, trat kräftig mit dem Fuß auf eine Stelle und meinte: »Nein, jetzt nicht mehr.«

So verwahrlost er auf den ersten Blick aussah, schien er jedoch kein Problem mit seiner persönlichen Hygiene zu haben. Er duschte täglich, wechselte die Kleidung und roch auch nicht unangenehm. Sonst hätte ich es keine Stunde mit ihm im selben Zimmer ausgehalten. Aber seiner Gesichts- und Kopfbehaarung schien er seit einer Weile keinen Einhalt mehr gebieten zu wollen, und ein Bügeleisen besaß er offensichtlich auch nicht.

Er sah mich an und meinte: »Es ist echt traurig.«

»Dass die imaginäre Laus jetzt tot ist?«

»Nein, dass die pinkfarbenen Riesenseepferdchen seit dem Jungpleistozän ausgestorben sind. Sie machen sich nämlich ausgenommen hübsch auf albernen Schlafanzügen.«

»Sagt der Mann mit dem hellblauen Exemplar.«

»Übrigens danke fürs Waschen.« Er deutete auf seinen Schlafanzug und lächelte fast schüchtern. »Den habe ich geschenkt bekommen. Wenn ich losziehe und mir was kaufe, nehme ich nämlich meinen guten Geschmack mit. Was hat dein graues Nachthemd denn verbrochen?« Das Lächeln hatte einem breiten Grinsen Platz gemacht.

»Das wurde dringend für Schwarzweißfilm-Dreharbeiten benötigt.« Ich kletterte die Leiter hoch und sah aus den Augenwinkeln, wie er mir demonstrativ hinterherblickte.

»Schade, jetzt ist die Aussicht kaputt. Muss am Wetter liegen. Vor dem Regen hatten wir noch gute Fernsicht«, sagte er und ging ins Bad.

4. Schietwetter

Als ich am nächsten Morgen die Augen aufschlug, weil ich Josie gehört hatte, war es dunkel im Zimmer und ich konnte nur schemenhaft erkennen, wie ein fremder Mann am Bett vorbeischlich und sich über das Gepäck in der Ecke beugte.

Ich schrie vor Angst.

»Sei still! Du bist ja noch lauter als Josie und weckst endgültig das ganze Haus. Es ist doch erst kurz nach sieben«, sagte Phil. »Was hast du denn?«

Ich schämte mich entsetzlich und murmelte: »Sorry, ich hab' dich nicht erkannt.«

Er lachte leise. »Ich habe mich doch nur rasiert und mir ein bisschen was in die Haare gemacht, damit sie nicht so abstehen.« Er zog das Rollo hoch, und im zarten Morgenlicht des Regentages erblickte ich einen hübschen Teenager, dessen Frisur mich an ein Katzenjunges denken ließ, das von der Mutter gerade erst frisch abgeschleckt worden war.

»Ideales Wetter für eine Wattwanderung«, konstatierte Phil. »David wird begeistert sein! Ich stell das Fenster mal nur schräg, damit es nicht reinregnet. Was?«

Ich konnte ein Kichern nicht mehr länger unterdrücken.

»Hey, ich weiß, dass ich scheiße aussehe. Deshalb ließ ich das Elend ja vom Gestrüpp überwuchern. Aber dass meine Visage erst Schreikrämpfe und dann Lachanfälle auslöst, hatte ich dann doch nicht erwartet. Wie passt das denn zu Gutmütig-keit, Gutherzigkeit und Gift? Hm?«, fragte er mit einem amüsierten Lächeln.

»Tut mir ehrlich leid!« Ich gab mich zerknirscht, kicherte aber munter weiter.

»Habe ich etwa geschrien, als du gestern aus heiterem Himmel in diesem albernen Schlafanzug vor mir gestanden hast? Nein, ich habe mich zu-sammengerissen und den Augenschmerz tapfer er-tragen. Man ist schließlich Kavalier. Stehst du auf, Prinzessin, oder soll ich das Rollo wieder runterlas-sen. Von wegen Schönheitsschlaf und so.«

»Nach dem Schreck kann ich nicht mehr schla-fen.« Ich lachte.

Phil kam ans Kopfende des Betts und lächelte belustigt. »Ach, bevor ich's vergesse: Guten Mor-gen!«

Ich starrte ihn an und flüsterte: »Guten Mor-gen.« Heute fielen mir zum ersten Mal die Wahn-sinnsgrübchen in seinen Wangen auf. Gedanken-verloren blickte ich ihm hinterher, als er zur Tür ging, und hing noch ein wenig meinen Gedanken nach, bevor ich die Leiter hinunterkletterte und mir ein paar wärmere Sachen heraussuchte. Ohne die Sonne merkte man, dass der Herbst vor der Tür Stand. Es war saukalt in Norddeutschland.

Unten im Wohnbereich lag Phil auf der Dreier-couch und kehrte mir den Rücken zu. »Willst du wissen, was wir heute machen, Prinzessin? Du klaust deinem Papa das Fahrrad, während er auf der Toilette die Reste seines Eiweißpulvers aus-sch... – ausscheidet, nimmst mich und Hasi auf den

Gepäckträger, sofern das alberne Teil überhaupt einen besitzt, und dann fahren wir an den Strand. Ja, das wird toll! Heute macht es auch nichts, wenn das Meer wieder weg ist, denn wir haben genug Wasser von oben. Und anschließend gehen wir ein Eis essen, weil uns noch nicht kalt genug ist«, sagte er leise mit zärtlicher Stimme.

»Mit wem sprichst du?«, fragte ich lachend. »Mit der Couchlehne?« Ich ging zur Sitzgruppe und entdeckte Josie, die hinter Phil lag, die Beine in die Luft streckte und offenbar aufmerksam zuhörte.

Er sah mich nicht an, sondern redete weiter auf seine Nichte ein. »Die Charlie ist doof! Sag ihr das mal, sobald du sprechen kannst. Vergiss es aber nicht wieder, hörst du?«

»Soll die doofe Charlie mal versuchen, etwas Kaffeeartiges zu fabrizieren?«, fragte ich. »Aber ich warne dich! Ich bin Teetrinkerin.«

»Was meinst du, Prinzessin? Wird die doofe Charlie auf die Idee kommen, mir einfach einen Dingenskirchentee anzubieten, den ich gern mal probieren würde?«

»Hast du keine Angst, dass Josies geistige Entwicklung bei dieser Form der Kommunikation Schaden nehmen könnte?«

»Charlie hat echt keine Ahnung, was Prinzessinnen gefällt. Wie paradox ist das denn? Das dumme Geschwätz, das ich absondere, erweitert deinen Wortschatz und gibt dir ein Gefühl für Grammatikstrukturen. Alles ist besser als die doofe Babysprache, die dir Oma und Opa an den Kopf donnern, oder vom Papa gänzlich ignoriert zu werden wie eben, als er schon wieder auf diesem albernen Teil losgefahren ist. Nicht wahr, Prinzessin? Solange dir keine zwei Räder aus den Ohren wachsen, bist du Luft für ihn.«

Phil hatte recht. Es machte mich traurig zuzusehen, wie Flo seine Chance verschenkte, eine Beziehung zu seiner Tochter aufzubauen. Ich ging in die Küche und kochte Tee.

Als ich mit den zwei Bechern zurückkam, sprach Phil noch immer mit Josie. »Ja, Prinzessin, es ist völlig egal, was man Frauen erzählt. Hauptsache, sie bekommen Aufmerksamkeit! Dann sind sie glücklich. Das ändert sich auch nicht, wenn sie älter werden.« Phil sagte es zwar fröhlich, aber es klang ein wenig traurig.

Eine halbe Stunde später kam Ali herunter, und ich wünschte ihr einen guten Morgen.

»Guten Morgen, Charlie«, grüßte sie zurück. »Na, Josie? Erzählt dir dein Onkel Philip wieder Blödsinn?«

»Deine Mama ist fast so doof wie Charlie. Aber du solltest deiner Mama das besser erst sagen, nachdem sie dir ein schrecklich kitschiges Kleid für den Abiball gekauft hat, weil das Budget sonst erschreckend klein ausfallen könnte.« Er drehte sich zu Ali. »Nimmst du sie wieder? Ich habe noch was zu erledigen und fahre auf dem Rückweg beim Supermarkt vorbei. Braucht ihr was?« Er sah uns fragend an, und ich konnte es noch immer nicht fassen, wie verändert er ohne Bart aussah. Ich hätte ihn höchstens auf zwanzig geschätzt. Doch anderen schien das bei mir oft auch so zu gehen. Als ich in der Vorweihnachtszeit eine Flasche Rum für ein Plätzchenrezept gebraucht hatte, hatte die Kassiererin meinen Ausweis sehen wollen.

»Du wirfst am besten wieder den Wasserkocher an«, meinte Phil grinsend zu mir, nachdem Ali und ich seine Frage verneint hatten, und reichte Josie an ihre Mutter weiter, was der Kleinen offensichtlich nicht gefiel.

»Ich mache dir gern noch einen Tee, aber ich dachte, du willst los«, meinte ich verwundert.

»Nee, damit Josie gewisse Geräusche nicht hört. Aber hat sich erledigt. Sie kümmert sich selbst darum«, sagte er lauter, weil Josie nun richtig mit dem Geheul loslegte.

Ich bekam heiße Wangen, denn von ganz oben war wirklich Eindeutiges zu hören gewesen. Da es zwischen den Stockwerken und im Erdgeschoss keine Türen gab, war das Haus unheimlich hellhörig. Ich nahm meinen Reader zur Hand und wollte ein bisschen lesen, solange lediglich Josie Lärm machte. Sie hörte aber bald auf zu weinen, als Phil weg war, tröstete sich mit dem Schnuller und schlief kurze Zeit später auf ihrer Krabbeldecke ein. Anscheinend reichte es, dass alle anderen wach waren. Ihre Mission war längst erfüllt.

Eigentlich hatte Phil unsere Pizza für zwei Tage geplant, aber nachdem Lena, David und Ali schon beim Mittagessen davon probiert hatten, machte Flo ihr, als er am frühen Nachmittag von seiner vormittäglichen Radtour zurückkam, im Stehen endgültig den Garaus. Der deshalb reichlich angesäuerte Phil ließ lediglich ein paar Bemerkungen fallen über den Unterschied zwischen den total ungesunden Kohlenhydraten einer Kartoffelsuppe und den so was von völlig anderen Kohlenhydraten eines fertigen Pizzabodens.

Mehr war für Phil zeitlich leider nicht drin, denn zwischen Ali und Flo ging der Krach richtig los, weil er mit seinen Schuhen und der nassen Regenkleidung eine Spur bis hoch in sein Schlafzimmer hinterlassen und dort die tropfenden Klamotten auf den Boden geworfen hatte. Lena und ich machten uns zwar sofort diesbezüglich nützlich, während Phil, der dafür am geeignetsten erschien, die erschreckte Josie zu beruhigen versuchte, aber Ali brachte offensichtlich alles aufs Tapet, was sich in den letzten Monaten angesammelt hatte, und Flo gab ihr mit gleicher Münze heraus. Langweilig wurde uns also nicht.

»Erinnere mich bitte daran, dass ich noch eine Bemerkung zu deiner neuen Frisur machen möchte, sobald man hier wieder sein eigenes Wort versteht«, rief ich Phil im Vorbeigehen zu. »Die steht dir nämlich gut.« Bei dem, was er am Vormittag zu erledigen gehabt hatte, hatte es sich offenbar um einen Friseurbesuch gehandelt.

Er lächelte mich kurz an, während er mit der jammernden Josie auf dem Arm unermüdlich den Esstisch umkreiste.

Ich verzog mich in die Kochecke und räumte die Spülmaschine ein.

Nach einer Weile war einigermaßen Ruhe eingekehrt. Flo hatte sich offenbar wieder auf sein Fahrrad geschwungen, Lena und David verzogen sich in ihr Zimmer und ließen mich verstohlen zum Wasserkocher schielen, Ali saß auf der Zweiercouch und blickte traurig aus dem Fenster, an dem der Regen herunterlief, und Phil las Josie aus einem der Romane vor, die er so scheußlich fand.

»Jetzt fehlt nur noch *der böse Zwilling*, und wir haben eine Reihe voll im Klischee-Bullshit-Bingo. Das feiern wir dann ganz groß mit Mama, Hasi und Charlie«, meinte er gerade zu ihr, als ich dazukam.

Ich setzte mich zu den beiden auf die Dreiercouch und nahm meinen Reader zur Hand. »Was ist aus dem Storm geworden? Schon durch?«

»Nein, Prinzessin, aber du als große Prinzessin müsstest doch wissen, dass *Immensee* zu düster für kleine Prinzessinnen ist.«

Ich zeigte ihm feixend das Storm-E-Book auf meinem Reader.

Breit grinsend meinte Phil: »Hey, da können wir ja einen Literaturzirkel gründen und uns austauschen, bis wir keine Lust mehr dazu haben. Wir können es aber auch gleich lassen, was bei mir auf dasselbe hinausläuft.«

»Ich wollte dich nur über die Vorlieben von Prinzessinnen auf dem Laufenden halten.«

»Josie scheint Barbara Fartland aber eindeutig zu bevorzugen. Bei Storm hat sie ganz erschrocken geschaut.«

»Wenn du dich über das Buch so amüsierst wie über die anderen, lächelt sie mit.«

»Ach, guck an! So einfach ist das mit euch Frauen? Wenn ich mich aber über dich amüsiere, lächelst du nie mit.«

»Das mache ich, wenn du draußen bist, damit du nicht eitel wirst.«

»Ihr redet inzwischen beide Stuss, wisst ihr das?«, meinte Ali. »Am liebsten würde ich mich mit Josie ins Auto setzen und nach Hause fahren.«

»Josie möchte aber lieber noch eine Seite Barbara Fartland hören. Es ist gerade so spannend!«, behauptete Phil.

»Dass mir der Liebesquark heute auf den Keks geht, kommt dir nicht in den Sinn?«, flüsterte Ali.

»Doch. Geht mir schließlich schon die ganze Zeit so. Ich lese aber tapfer weiter, um mich endlich ein für alle Mal abzuhärten. Liebe ist wie ein Irrtum, den wir uns ums Verrecken nicht eingestehen wollen«, flüsterte Phil zurück.

Irgendetwas stand unausgesprochen zwischen den Geschwistern. Ich zog mir meinen Regenmantel an und ging ein bisschen spazieren.

Nach meiner Rückkehr spielten wir zu dritt *Mensch ärgere dich nicht*, das Ali in der Wohnzimmerkommode entdeckt hatte. Lena und David waren weggefahren, um ein Café zu besuchen, und Flo war noch immer mit dem Rad unterwegs. Josie betrachtete begeistert das bunte Durcheinander auf dem Tisch, bis ihr die Augen zufielen und Ali einen Waschhandschuh als Ersatz für den lauten Würfelbecher holte.

Zum Abendessen waren wieder alle zurück, und ich verzog mich danach wie am Vorabend in unser Kinderzimmer. Als ich die Leiter hochstieg, hielt ich verdutzt inne, denn auf meinem Kopfkissen lag eines von Phils Skizzenbüchern. Ich legte es unten auf sein Bett und machte es mir mit meinem Reader und einem Becher Tee bequem.

Als Josie bettfertig gemacht wurde, kam Phil ins Zimmer und setzte sich schweigend auf seine Bettkante.

»Dein Buch lag auf meinem Kissen. Deshalb habe ich es auf deines gelegt«, erklärte ich ihm.

Er antwortete nicht.

Ich lehnte mich über den Bettrand und sah zu ihm hinunter. »Geht's dir nicht gut?«

»Warum?« Er lächelte verlegen.

»Weil du nichts sagst. Wenn von dir keine Sprüche kommen, musst du sehr krank sein.«

»Ich wollte dir Gelegenheit zum Lästern geben.«

»Worüber?«

»Meine Zeichnungen.«

»Wie kommst du darauf, dass ich sie mir angesehen habe?«

»Ich hatte es dir versprochen.«

»Du hast versprochen, sie mir zu zeigen. Das gibt mir nicht das Recht, sie mir einfach anzusehen, wenn sie zufällig herumliegen.« Ich lachte. »Die Theorie vom neugierigen Östrogen stammt schließlich von dir und wartet nicht nur auf den Nobelpreis, sondern auch auf einen handfesten Beweis.«

»Ich habe es dir dort hingelegt.«

»Das wusste ich nicht.« Ich kletterte die Leiter herunter. »Darf ich mich auf dein Bett setzen?«

»Ja, klar.« Er reichte mir das Skizzenbuch und stand auf.

Ich starrte ihn verwirrt an. »Setzt du dich nicht neben mich?«

»Ich gehe wieder runter.«

»Dann schauen wir sie uns doch einfach morgen an, wenn du Zeit hast.«

»Jetzt sieh dir endlich die Scheiße an, damit wir es hinter uns haben.« Seine Stimme zitterte. Er schloss die Tür hinter sich, und ich blickte verwirrt auf die Kratzer neben der Klinke. Sie sahen aus wie ein trauriges Gesicht.

Ich schlug das Buch auf und betrachtete die erste Zeichnung, die ein Neugeborenes zeigte, aber dabei fühlte ich mich äußerst unwohl. Ich hatte auch Angst, in meiner Tapsigkeit irgendetwas zu beschädigen, und so legte ich das Buch zurück auf Phils Bett und stieg zu meinem hoch.

Gegen elf sagte ich unten gute Nacht und ging ins Bad. Als ich zurück ins Zimmer kam, saß er auf seiner Bettkante und grinste breit.

»Ich habe mir eine Zeichnung angesehen, die ich wunderschön finde, aber ich habe Angst, etwas kaputtzumachen. Deshalb wäre es mir lieber, wenn du mir die anderen zeigst«, erklärte ich ihm hastig.

»Da kann man nicht viel kaputtmachen.« Er lachte. »Eher machen mich die Skizzen kaputt.« Er schlug mit der Hand neben sich aufs Bett, und ich setzte mich. Das Buch war etwa zu zwei Dritteln gefüllt, und alle Zeichnungen zeigten Josie. Er blätterte relativ zügig durch und machte ein gelangweiltes Gesicht.

Ich wusste nicht, was ich sagen sollte, und flüsterte zum Schluss lediglich: »Vielen Dank, dass ich sie sehen durfte.«

»Danke, dass du nicht gelacht hast.«

»Phil, was ist los? Wenn dich mal jemand ausgelacht hat, dann war das ein Idiot. Die Zeichnungen und Skizzen sind wundervoll!«

»Wenn ich dir die einzelnen Fehler zeige, siehst du sie auch und verstehst, was ich meine«, flüsterte er.

»Mag sein, dass ich keine Ahnung davon habe und mich daher auch nicht fachmännischer ausdrücken kann. Tut mir leid. Aber die Zeichnungen gefallen mir sehr. Ich habe bisher noch nie von jemandem etwas so Schönes gezeigt bekommen.«

»Du bist echt ein lieber Mensch, Charlie!« Er lächelte und legte das Buch auf die Wickelkommode. »Ich lese hier auch noch ein bisschen, wenn es dich nicht stört. Unten ist es recht laut, wenn die Spinner Sport gucken.«

»Natürlich störst du mich nicht. Ich mache mir noch einen Tee. Möchtest du auch einen?«, bot ich an.

Er grinste. »Das kommt darauf an, ob du Gutmütigkeit, Gutherzigkeit oder Gift in den Teefilter kippst.«

»Nichts dergleichen. Nur Gülle, Galle und Gilb.«

5. Stufen

Das Trommeln der Hagelkörner auf dem Fensterbrett weckte mich am Mittwoch. Ich knipste das Licht an, schlug die Bettdecke zur Seite, rekelte mich genüsslich, warf einen kurzen Blick auf den Bettvorleger, wo Phils Hausschuhe nicht zu entdecken waren, zog die Beine an und strampelte wie Josie. Die Kleine kannte sich aus: Das machte Spaß!

Nachdem ich mir den großen Zeh an der Zimmerdecke angeschlagen hatte, ließ ich es jedoch sofort sein, suchte mir stattdessen etwas Warmes zum Anziehen und humpelte ins Badezimmer.

David ging die Treppe aus dem zweiten Stock herunter, als ich aus dem Bad kam, und lächelte mich an. »Heute wird es leider wieder nichts mit unserer Wattwanderung.« Es schien ihn nicht sonderlich zu tangieren. »Es gibt nicht viel, was man bei dem Wetter anstellen kann.« Er schenkte mir sein umwerfendes Lächeln.

»Irgendetwas wird uns schon einfallen«, erwiderte ich das Nächstbeste, das mir in den Sinn kam, und wollte links an ihm vorbeigehen.

Doch in dem Moment machte er von ihm aus gesehen einen Schritt nach rechts.

Schnell wich ich zur anderen Seite aus.

Er auch.

Ich lachte verlegen und blieb in der Mitte stehen, um ihm die Wahl zu überlassen. Gleichzeitig fragte ich mich, was er dort eigentlich wollte. Ich war auf dem Weg in unser Zimmer, aber er schien zu Ali und Flos Schlafzimmer unterwegs zu sein. Wozu?

Er nahm mich lachend in die Arme und flüsterte mir ins Ohr: »Du bist zum Anbeißen süß!«

Das war mir dann doch ein wenig zu viel. Ich riss mich los und flüchtete nach unten, wo Lena und Ali *Rutabaga Harvest* spielten. Flo glänzte wie immer durch Abwesenheit, und Phil hatte beim Lesen mal wieder seine Hand an Josie ausgeliehen.

Doch eigentlich hatte ich auf mein Zimmer gewollt. Ich kam mir reichlich blöd vor, wie ich mit Kulturbeutel und zusammengelegtem Schlafanzug im Eingangsbereich herumstand.

Phils Hinweis war da leider überhaupt nicht hilfreich: »Wenn du die Treppe nach oben suchst: Die befindet sich direkt hinter dir.«

Lena schenkte mir einen prüfenden Blick. »Guten Morgen!«

»Guten Morgen!«, stotterte ich und machte auf dem Absatz kehrt.

Alis »Guten Morgen!« bekam ich daher auf der Treppe mit.

Oben wollte ich ins Zimmer schlüpfen. Da hörte ich Davids leise Stimme, die belustigt klang: »Sag mal, hast du etwa Angst vor mir?« Er saß auf der Treppe in den zweiten Stock und lachte lautlos in sich hinein.

»Nein.« Ich lächelte verlegen und brachte die Sachen in mein Zimmer. Dort wartete ich eine Weile, um sicherzugehen, dass ich ihm nicht noch einmal begegnete, und schalt mich selbst eine dumme Gans. Doch merkwürdig war Davids Verhalten auf jeden Fall. Es erinnerte mich an das, was Lena mir ganz am Anfang ihrer Beziehung begeistert über ihn erzählt hatte.

Ich bekam Panik beim Gedanken daran, was geschehen wäre, wenn Lena uns vorhin überrascht hätte. Konnte man bei einer Umarmung spontan erkennen, wer aktiv und wer passiv beteiligt war? Und war man in solch einer Situation überhaupt in der Lage, das Gesehene objektiv zu beurteilen?

Verwundert stellte ich fest, dass von meinen anfänglichen heftigen Gefühlen für David rein gar nichts mehr übrig war. Ich fühlte nur noch Mitleid mit Lena, die sich offensichtlich einen reichlich merkwürdigen Vogel angelacht hatte. Ich beschloss, wieder nach unten zu gehen und erhobenen Hauptes Phils Spott entgegenzutreten.

Mich traf fast der Schlag, als ich David auf der obersten Stufe der Treppe nach unten sitzen sah. Er schenkte mir ein strahlendes Lächeln, stand auf und verstellte mir den Weg.

Ich kratzte die letzten Reste meiner kaum vorhandenen Coolness zusammen und fragte: »Womit kann ich dir helfen?« Es klang ein wenig wie mein dümmlich-kundenfreundliches Gelaber, das ich bis vor Kurzem in der Firma meines Onkels am Telefon auf die Menschheit losgelassen hatte. Dort hatten sich die Meisten damit den Wind aus den Segeln nehmen lassen.

Bei David schien es nicht zu wirken. Er lachte lautlos in sich hinein. »Lena erzählte mir, dass du seit über einem Jahr solo und sehr einsam bist«, flüsterte er.

Lena sollte besser ihr dummes Maul halten. Laut sagte ich: »Das macht mir nichts aus. Ich weiß mich anderweitig zu beschäftigen. Lässt du mich mal bitte vorbei?«

»Charlie, nun sei doch nicht so schüchtern«, wisperte er. »Lena weiß Bescheid und hat überhaupt nichts dagegen. Wir führen eine offene Beziehung, in der jeder seine Freiheit genießen darf. Wir sind schließlich im Urlaub. Was soll man sonst machen an einem Regentag? Komm in meine Arme, um in meinen Armen zu kommen.« Er schenkte mir ein strahlendes Lächeln und zeigte dabei unnatürlich weiße Zähne, die ich ihm am liebsten mit dem nächstbesten Gegenstand eingeschlagen hätte, der mir geeignet erschien.

Hastig schloss ich den Mund, als ich merkte, dass er offenstand. Was hatte der sich denn heute Morgen ins Schokomüsli geschnippelt? Ging er ernsthaft davon aus, dass ich diesen Quatsch glauben würde? Wie konnte er sich so sicher sein, dass ich Lena nicht darauf ansprechen würde? Die Antwort war ganz einfach: Die Story klang so unglaubwürdig, dass ich sie ihr deshalb nicht erzählen konnte. David war zwar offensichtlich ein Draufgänger, jedoch nicht dumm.

»Lass mich bitte vorbei!«, sagte ich leise, aber bestimmt.

»Charlie, ich sehe es doch seit Tagen in deinen Augen, dass du lieber mit mir nach oben als allein nach unten willst. Aber bitte! Des Menschen Wille ist sein Himmelreich!« Er lächelte und ließ mich vorbei. »Ich will nicht weiter in dich dringen! Mein Angebot steht!«

Meinte er das anzüglich oder war ihm das nur so herausgerutscht? Mit zitternden Knien ging ich nach unten, machte mir einen Tee und setzte mich zu Phil aufs Dreiersofa. Doch die Buchstaben auf dem Reader tanzten vor meinen Augen. Noch nie hatte ich mich so einsam gefühlt wie jetzt. Als Kind hatte ich mich meinen Eltern anvertrauen können. Als Jugendliche und Erwachsene hatten Lena und ich einander immer alles erzählt. Doch dieser Weg war nun versperrt. Selbst wenn sie mir glauben würde, wäre ich die Botin, die die schlechte Botschaft von der versuchten Untreue ihres Geliebten überbringt und geköpft wird.

Wie stellte der Verrückte sich das eigentlich überhaupt vor? Mit ihm nach oben gehen? Und hoffen, dass Lena nichts aus dem Zimmer braucht? Gut, wenn Lena mit Ali *Rutabaga Harvest* spielte, bekam sie absolut nichts von dem mit, was um sie herum passierte. David und ich hätten es laut kreischend vor dem Wohnzimmertisch auf dem Teppich treiben können, ohne dass es ihr aufgefallen wäre. Aber ausprobieren wollte ich es dennoch nicht. Für mich gehörten Sex, Liebe und Treue zusammen. Punkt.

»Ich habe dich etwas gefragt, Prinzessin.« Phil grinste.

»Sorry, ich habe gerade gelesen«, antwortete ich hastig.

»Du hast an die Wand gestarrt. Wenn du da was lesen kannst, hoffe ich doch sehr, dass es sich um kein Menetekel handelt. Andererseits müsste ich bei drohendem Unheil nicht mehr in den Supermarkt. Hätte auch was. Was soll ich uns denn zu Mittag kochen?«

»Überrasch mich!«, flüsterte ich. Mir war der Appetit vergangen.

Phil sah mich forschend an. »Möchtest du mitfahren und spontan entscheiden?«

»Ja, bitte nimm mich mit!« Bei Phil fühlte ich mich sicher. Der hielt Liebe für einen Irrtum und belästigte andere nicht mit seinen Wünschen nach körperlicher Nähe, sondern machte das mit sich selbst ab. Im wahrsten Sinne des Wortes.

Phil und ich hatten uns für Linsensuppe entschieden, weil wir sie beide mochten und die Gefahr vermutlich kleiner war, dass Flo die Reste, die für den nächsten Tag gedacht waren, wieder wegfutterte, falls er irgendwann den Rückweg finden sollte. Langsam hatte ich mich von dem morgendlichen Schock erholt. Das Wetter war auch heute eine Katastrophe. David hatte beim Essen erneut ausgiebig über sein Lieblingsthema schwadroniert, aber ich sah kein einziges Mal in seine Richtung. Er sollte nicht in irgendwelche Blicke etwas hineininterpretieren können. Ich hatte auch überhaupt keine Lust mehr, eine Wattwanderung oder irgendetwas anderes mit ihm zu unternehmen. Der ganze Urlaub war eine Schnapsidee gewesen.

Am Nachmittag beschloss ich spontan, eine Teestube aufzusuchen, um ein bisschen aus diesem Irrenhaus herauszukommen. Ich ging nach oben, um meine Tasche zu holen, und zuckte zusammen, als ich hinter mir Schritte auf der Treppe hörte. Ich flitzte in unser Zimmer und überlegte fieberhaft, was ich tun könnte, wenn er mir hierher folgen würde.

Es klopfte.

»Augenblick!«, rief ich, obwohl ich mich gar nicht umzog. Phil bat dann immer, ihm Bescheid zu sagen. Doch es kam keine Antwort. Stattdessen öffnete sich vorsichtig die Tür. Panik stieg in mir hoch.

Lena streckte den Kopf herein. »Ich bin es!« Sie lächelte.

Trotzdem traf mich fast der Schlag. Ich fühlte mich einem Gespräch mit ihr nicht gewachsen.

Sie setzte sich wie selbstverständlich auf Phils Bettkante, die für mich ohne Einladung normalerweise tabu war. Notgedrungen setzte ich mich neben sie, weil mir die Knie weich wurden und ich den Kinderstühlchen in der Ecke mein Gewicht nicht zutraute.

»Jetzt schau mich doch nicht so ängstlich an!« Lena lachte. »David hat mir erzählt, wie standhaft du geblieben bist. Einerseits finde ich das schmeichelhaft, dass dir unsere Freundschaft so viel bedeutet. Andererseits ist es für David sehr frustrierend, was sich auf unsere Beziehung auswirkt. Da dachte ich, dass ich dir einfach persönlich bestätige, dass das völlig in Ordnung ist, wenn du mit ihm schläfst. Er braucht das für sein inneres Gleichgewicht, weißt du?«

Offensichtlich hatte David ihr etwas von seinem Spezialmüsli abgegeben. Ich saß da wie vom Donner gerührt und sagte nichts.

»Du bist so niedlich, Charlie!« Sie lachte.

David fand mich süß, Lena fand mich niedlich. Kaum kaufte man sich einen Schlafanzug für Teenager, schon wurde man nicht mehr für voll genommen.

»Jetzt schau mich doch nicht so an, Charlie! Okay, ich erkläre es dir etwas ausführlicher: Wenn man verliebt ist, will man den Partner ganz für sich haben. Das ist am Anfang völlig in Ordnung und nicht weiter schlimm. Aber irgendwann wechselt man von der Verliebtheit zu einer höheren Ebene: der Liebe. Und da gibt es verschiedene Stufen. Je höher man aufsteigt, desto selbstloser und reiner wird die Liebe. Nur wer die höchste Stufe erreicht, steht völlig über den Dingen und ist im Einklang mit sich selbst und dem Partner. Verstehst du das?«

»Nö.«

»Okay, ich erkläre es am konkreten Beispiel: David findet dich körperlich anziehend und möchte seine Gefühle für dich frei ausleben. Eine Partnerin, deren Liebe sich noch auf einer niedrigeren Stufe befindet, wäre damit nicht einverstanden, hätte ihn gern ganz für sich und würde ihm den Spaß nicht gönnen. Auf einer etwas höheren Stufe würde sie es ihm zwar erlauben, aber heimlich darunter leiden. Erst wenn sie die höchste Stufe der Liebe erreicht hat, wäre sie in der Lage, ihn darin zu bestärken und sich mit ihm zu freuen.«

»Und diese höchste Stufe hast du erreicht?«, fragte ich irritiert.

»Ja, und ich fühle mich so herrlich befreit und wahnsinnig glücklich dabei! Es gibt mir unheimlich viel mentale Energie!«

»Nimmst du irgendetwas?«

»Meinst du die Pille?«

»Nein, ich meine zum Beispiel illegale Drogen oder verschreibungspflichtige Medikamente.«

»Du hast es noch immer nicht verstanden! Das ist eine Sache der Geistesentwicklung und der freien Willensbildung. Da wären solche Substanzen nur im Weg. Das Ziel erreicht man mit Meditation und speziellen Liebesübungen ...«

»Danke! Das genügt! Bitte keine Details!« Ich hob abwehrend die Hände.

»Du kannst es selbst herausfinden. Er ist bereit, dich in alle Geheimnisse einzuweihen.«

»Das glaube ich dir aufs Wort.«

»Du wirst merken, wie sich dein Denken von allen Zwängen und Konventionen lösen wird. Es ist eine Befreiung für den Geist durch das Körperliche. Du verstehst?«, fragte Lena freundlich lächelnd.

»Ich verstehe. Gehirnwäsche. Gilt das eigentlich auch umgekehrt? Darfst du ebenfalls nach Lust und Laune fremdvögeln, wenn dich der Hafer sticht?«

»Selbstverständlich darf ich das!« Sie lachte.

»Ach, guck an! Das hätte ich jetzt nicht gedacht. Und wer führt?«

Sie blickte verwirrt aus der Wäsche. »Was meinst du damit? Wer beim Sex die aktivere Rolle übernimmt?«

»Nö, ich dachte mehr so an eine Tabelle wie im Sport: Wer die meisten Seitensprünge zu verzeichnen hat. Bei Gleichstand zählt das Torverhältnis. Oder so.«

»Wenn du die höchste Stufe der Liebe erreicht hast, empfindest du es nicht als Seitensprung, sondern als Erfüllung deines inneren Gleichgewichts.« Sie lächelte verträumt.

»Ja, das habe ich inzwischen verstanden, ohne es zu verstehen. Aber trotzdem wüsste ich gern, wer gerade führt. Empfindet er wirklich ein Verlangen nach innerem Gleichgewicht mit mir auf der Matratze, oder will er nur kräftig aufholen, weil du vorn liegst?«

»Ach, so!« Lena lachte. »Da mach dir mal keine Sorgen, Charlie! Er muss wahrlich nichts aufholen, denn er hat diese hohe Stufe schon viel früher erreicht als ich. Er ist bereit, möglichst viele Frauen in seine Erfahrungen und spezielle Techniken einzuweihen. Da ist er selbstloser als ich, muss ich gestehen. Er liest seit Tagen alle Bücher und Prospekte übers Wattenmeer, die unten im Regal standen, weil ich ihm gesagt habe, dass du dich für solche Themen interessierst. Er ist bereit, sich in fremde Gedankenwelten einzufühlen, um geistig und körperlich ganz mit dir verschmelzen zu können.«

»Ach, wie nett! Ich interessiere mich aber auch für andere Themen. Doch leider kann ich ihm keine Handarbeitsanleitungen ausleihen, weil mein Strickzeug nicht mehr in den Koffer gepasst hat. Also du hast im Fach *Liebesstufen* eine Eins-plus, und er eine Eins-plus mit Sternchen?«

»Wenn du es so ausdrücken möchtest … Man merkt dir an, dass du dich geistig noch sehr in den Schranken der Konventionen bewegst. Ich habe zwar die höchste Stufe der Liebe erreicht, tue mich aber noch etwas schwer damit, andere daran teilhaben zu lassen. David meint, damit solle ich mir ruhig Zeit lassen.«

»Warum? Kümmert er sich währenddessen auch um die Männer?«

»Nein.« Sie sah mich erstaunt an.

»Ist das nicht unfair, wenn mehr Frauen in dieses Prinzip der Liebesstufen eingeweiht werden als Männer? Ich bin bei Prinzipien nämlich prinzipiell für die Gleichberechtigung, weißt du?«

»Das muss ich mal David fragen. Darüber haben wir nicht gesprochen.« Sie blickte mich ganz verdattert an.

»Eine Frage hätte ich noch an dich, bevor ich den Kopf gegen die Wickelkommode schlage: Hat er dir diesen Quatsch mehrmals täglich vorgebetet, bis du ihn auswendig konntest, oder gab er ihn dir schriftlich zum Lernen?«

Sie sah mich ängstlich an. »Habe ich etwas Falsches gesagt? Du musst mich missverstanden haben!«

»Nein, ich habe sehr wohl verstanden, was hier läuft. Du bist ihm hörig und willst ihm deine älteste Freundin zuführen, weil er mit dem Finger schnippt. Wie ich mich dabei fühle, ist offenbar irrelevant. Wir beide hätten allein zwei Wochen wegfahren sollen. Danach würde dein Hirn wieder funktionieren, und du würdest das Arschloch zum Teufel jagen. Aber nach gefühlt dreißig Stunden *Rutabaga Harvest* bist du gar nicht mehr in der Lage, mir geistig zu folgen. Deshalb fasse ich mich kurz: Richte deinem Liebesstufenhausierer aus, dass ich noch nicht oft genug vom Dreimeterbrett kopfüber ins leere Becken gesprungen bin, um mich von ihm gleich auf zweierlei Weise aufs Kreuz legen zu lassen. Wenn er wirklich die höchste Stufe der Liebe erklommen hat, wird er mich dafür platonisch lieben. Wenn nicht, muss er noch an sich arbeiten. Auf welche Weise auch immer.« Ich machte eine eindeutige Handbewegung.

Die Tür ging auf. »Huch! Sorry! Ich dachte, du bist längst weg. Sonst hätte ich geklopft.« Phil machte ein erschrockenes Gesicht.

»Ich habe nur versucht, Charlie etwas Wichtiges zu erklären«, meinte Lena und klang gekränkt. Vermutlich überlegte sie, wie sie ihrem dunkelgelockten Liebesgott schonend beibringen konnte, dass ihre beste Freundin trotz Einsamkeit und Augen im Kopf sich doch nicht so leicht manipulieren ließ, wie sie gedacht hatten.

Phil hatte sich offenbar wieder im Griff. »Zwei Frauen überraschen mich auf meiner Bettkante? So fangen doch nur drittklassige Pornos an!«

Lena schenkte ihm einen interessierten Blick. Ich schnappte mir meine Tasche und schob meine Freundin aus dem Zimmer, bevor sie Phil in das Geheimnis der höchsten Beschiss-Stufe einweihen konnte. Den Lachanfall hätte er vielleicht nicht überlebt.

Mir war nicht mehr nach einer Lesestunde in einer Teestube zumute. Dafür war ich zu aufgewühlt! Ich zog mir meinen Regenmantel und die Regenhose an, lieh mir einen der Stockschirme aus, die zum Ferienhaus gehörten, und unternahm einen langen Spaziergang, um den Kopf freizubekommen.

Durchgefroren und mit nassen Füßen kehrte ich nach anderthalb Stunden zurück. Den Stockschirm hatte ich wegen des Windes zuklappen müssen, und mir war das Wasser unter Kapuze und Kragen und in die Schuhe gelaufen. Ich klingelte, weil ich keinen Schlüssel dabeihatte, und Ali öffnete mir mit Josie auf dem Arm die Tür.

»Ach, du bist es! Es hätte mich auch gewundert, wenn unser Familienoberhaupt uns jetzt schon mit seiner Anwesenheit beehren würde. Den treibt auch nur noch der Hunger nach Hause.«

»Danke!«

»Nichts zu danken!« Sie lächelte traurig.

Ich schüttelte unter dem Vordach meine Regenklamotten aus und hängte sie drinnen über das Trockengestell, das Ali gleich zu Anfang in die Badewanne gestellt hatte. Dann nahm ich trockene Kleidung aus dem Schrank und sprang kurz unter die heiße Dusche, um aufzutauen.

Unten kochte ich mir einen Tee und setzte mich zu Ali und Phil, die *Mensch ärgere dich nicht* spielten. Josie war in ihrer Babywippe eingeschlafen.

»Wenn du mitspielen möchtest, fangen wir gern neu an.« Phil lächelte.

Ich lächelte schüchtern zurück. »Wenn es euch nichts ausmacht. Danke!«

»Phil macht es bestimmt nichts aus. Er verliert nämlich gerade haushoch«, erklärte Ali lapidar und stellte die Figuren zurück auf Anfang.

»Verrate doch nicht alles! Charlie guckte eben ganz gerührt, und nun hast du den Effekt zerstört.« Phil holte grinsend meine Figuren aus dem Karton und stellte sie aufs Startfeld.

Ich hielt mich an Alis Ignorier-Ratschlag, und wir spielten schweigend eine Runde, die Ali gewann.

Josie wachte auf, und Ali brachte sie zum Stillen nach oben.

Phil und ich lasen, bis die beiden wieder zurückkamen. Ali nahm ihre Tochter auf den Schoß. Zwar war Josie noch zu klein, um sich etwas vom Tisch zu holen, aber zur Sicherheit führte ich von da an die Spielzüge ihrer Mutter aus.

»Ich lasse mich übrigens nach dem Urlaub scheiden«, sagte Ali unvermittelt und gab Josie einen Kuss auf die Haare.

Während ich Ali erschrocken ansah, meinte Phil: »Okay. Das musst du aber nicht uns sagen, sondern deinem Mann Florian.«

»Der ist ja nie da.« Ali lachte traurig. »Ich wollte nur, dass du es zuerst weißt.«

»Ich fühle mich geehrt. Mein Angebot, Josie ersatzzubevatern, steht. Das weißt du.« Phil sah sie ernst an. »Und irgendwie komme ich auch ohne eure Wohnung klar.«

»Ich lasse euch mal allein«, sagte ich und stand auf.

Phil griff nach meinem Arm, während Ali meinte: »Nein, bleib. Das ist ja ohnehin bald kein Geheimnis mehr. Ich würde gern darüber reden und deine Meinung hören, wenn es dir nichts ausmacht. Phil kennt die Leier schon auswendig und hält sich weitestgehend raus. Lena ist selbst so verliebt, dass sie mir ständig rät, unbedingt bei Flo zu bleiben und toleranter zu sein …«

Ich schnappte nach Luft. Dass Lena das so sah, konnte ich mir lebhaft vorstellen!

»... aber ich verliere langsam meine Selbstachtung«, fuhr Ali fort. »Wenn er mich mit Josie und der ganzen Arbeit, die sie macht, allein lassen würde, wäre das für mich machbar. Ich möchte zwar nächstes Jahr mein Studium wieder aufnehmen, aber unsere Mutter hatte ihren Beruf aufgegeben, um Opa bis zum Schluss zu pflegen, und ist gar nicht erst wieder ins Berufsleben eingestiegen, als ich schwanger geworden bin. Sie will sich um Josie kümmern und freut sich schon drauf. Wir wohnen im selben Haus, weißt du. Das ist ideal! Aber Flo drückt sich nicht nur, wo es nur geht, sondern lässt sich auch noch von vorn bis hinten bedienen. Ich kann nicht von meiner Mutter erwarten, dass sie hinter ihm herräumt. Und die freie Zeit, die ich habe, will ich mit Josie verbringen und nicht mit unnötiger Hausarbeit.«

Sie wischte sich eine Träne aus dem Gesicht und lächelte tapfer. »Flo kann mit Babys nichts anfangen. Das gibt es. Unser Vater betrachtete Phil und mich auch immer wie Wesen von einem anderen Stern. Aber Papa räumt seine Sachen weg, erledigt den Lebensmitteleinkauf und kümmert sich um die Wäsche. Nur das Bügeln überlässt er anderen. Ich habe ihn zwar auch erst einmal im Leben putzen sehen, als Mama im Krankenhaus lag, aber er gab sich immer Mühe, keinen Extradreck zu fabrizieren. Flo hingegen latscht mit dreckigen Schuhen durch die ganze Wohnung, lässt überall seine schmutzigen Klamotten und sogar benutzte Taschentücher herumliegen und macht im Haushalt keinen Finger krumm. Das einzige, was er putzt, sind seine dämlichen Fahrräder. Wozu er drei braucht, ist mir schleierhaft, weil man immer nur eines fahren kann.«

»Und die reizende Lena ist der Ansicht, dass sich Ali in der Ehe mehr anstrengen soll, damit Flo im Liebesrausch wenigstens seine Rotzfahnen und Käsesocken wegräumt«, ergänzte Phil grinsend.

Ali wurde rot. »Die hat mir noch ganz andere Dinge geraten, die ich dir gar nicht erzählen kann. Aber ich bin doch nicht seine Sklavin, sondern nur seine Ehefrau.« Sie lachte bitter.

»Gibt es denn auch schöne Momente?«, fragte ich.

»Nein«, war Alis knappe Antwort. »Schon lange nicht mehr. Wir sind einmal sehr verliebt gewesen und haben gemeinsame Radtouren unternommen. Aber inzwischen ist er zu schnell für mich. Für sein Tempo fehlt mir die Kondition. Ich habe dieses Ferienhaus von einer Cousine meiner Mutter gemietet, um aus dem Alltagstrott herauszukommen und etwas als Familie zu machen. Lena war, als ich sie einlud, noch solo und total in Josie verschossen. Sie wollte mitkommen und den Babysitter spielen, damit ich nicht immer mit halbem Ohr am Babyphon hänge. Es war ein Versuch, unsere Ehe zu retten. So, wie du sagst: schöne Momente erleben. Aber als Flo mir beim Packen einen Stapel Sportklamotten aufs Bett legte, die verschwitzten von der letzten Tour obendrauf warf, sich mit der Anleitung des Fahrradträgers fürs Auto auf die Couch schmiss und nach Kaffee schrie, war mir klar, dass der Urlaub rausgeworfenes Geld ist. Was Flo in den ersten dreißig Jahren seines Lebens nicht gelernt hat, wird er auch in den nächsten dreißig nicht lernen. Seine Eltern haben ihn nach Strich und Faden verwöhnt, und als er bei ihnen aus- und mit mir zusammenzog, ging er davon aus, dass ich die Rolle seiner Mutter übernehme und ihm einen Service wie im Luxushotel biete. Er bringt das Geld nach Hause, und ich soll kuschen wie die Frau in der Fünfzigerjahre-Puddingwerbung.«

»Denn was bei unseren Urgroßeltern funktionierte, kann ja nicht verkehrt sein«, ergänzte Phil. »Deshalb ist Josie Luft für ihn. Seine Aufgabe als Vater besteht darin, sie eines Tages an den Altar zu führen und einem Vollhonk zu übergeben, dessen Stinksocken sie von da an vom Küchenboden aufsammeln soll. Bis dahin ist Ali für die Erziehung zuständig.«

»Dass Josie bald ins Krabbelalter kommen und die Dreckklumpen, die er mit seinen Profilschuhen auf dem Boden hinterlässt, in den Mund stecken wird, will ihm einfach nicht in den Kopf! Lena meint, es sei schrecklich, dass ich Josie den Vater wegnehmen möchte, aber sie hat ja jetzt schon keinen. Ich hätte nicht schwanger werden dürfen.« Ali wischte sich die Tränen aus den Augen und gab der inzwischen eingeschlafenen Josie einen sanften Kuss auf die Stirn. »Ich habe lange über eine Abtreibung nachgedacht, war mir aber nicht sicher, ob ich sie psychisch verkraften würde. Ich liebe Josie von ganzem Herzen, aber nach dem Studium und von einem anderen Mann wäre sie mir auch willkommen gewesen.«

Phil schüttelte den Kopf: »Josie ist das Einzige, das er wirklich gut hinbekommen hat. Wenn auch aus Versehen. Das hat Seltenheitswert und darf nicht infrage gestellt werden!«

»Phil verbringt viel Zeit mit Josie«, erzählte Ali. »Aber auch das ist Flo nicht recht. Ihn stört, dass meine Verwandtschaft ständig bei uns herumhängt, wie er es ausdrückt. Dabei geht Phil immer brav, wenn Flo heimkommt. Ich soll offensichtlich allein mit unserem Kind herumhängen.«

»Was meinst du dazu?«, fragte mich Phil grinsend.

Ich fühlte mich überrumpelt und stotterte: »Das ist eine – äh – sch-schwierige Situation, die sich von a-außen – ähm – nicht so leicht beurteilen lässt.«

»Du bist ein Schatz, Prinzessin!« Phil lachte. »Siehst du, Ali, ich habe dir gleich gesagt, dass du Charlie um Rat fragen musst. Die hört zu und ist sprachlos. Wie es sich gehört! Eine völlig natürliche Reaktion auf ein komplettes Desaster! Lena hat im Hormonkoller den Überblick verloren und kann nicht mehr objektiv antworten. Auf die solltest du wirklich nicht mehr länger hören.«

»Sie meinte, ich solle mich mit etwas Schönem ablenken. Deshalb spiele ich wie eine Verrückte dieses alberne Computerspiel. Es macht auch wirklich Spaß. Man denkt an nichts anderes mehr und vergisst alles, was einen ärgert. Aber so langsam frage ich mich, wo das hinführen soll. Flo rast in der Gegend herum, ich ernte virtuelle Rüben, und was macht Josie? Soll das unsere Zukunft sein?«

»Ich muss gestehen, dass von deinem ergebnisoffenen Kampf gegen die schleichende Verblödung durch die Flucht in virtuelle Parallelwelten eine gewisse Faszination ausgeht«, meinte Phil mit einem süffisanten Grinsen. »Aber ich würde es dennoch begrüßen, wenn du dieses Hobby nicht weiter ausüben, sondern dich deinen Problemen in der realen Welt stellen würdest.« Er wandte sich an mich: »Siehst du das auch so, Prinzessin?«

»Ja.« Langsam hatte ich Routine darin, seine Spinnereien auszublenden und mich auf den Kern seiner Aussagen zu konzentrieren.

»Warum nennst du sie eigentlich ebenfalls Prinzessin?«, fragte Ali lächelnd. »Ich denke dann immer automatisch an Josie und bin ganz verwirrt.«

»Das ist nun mal die korrekte Anrede für eine heimliche Gebieterin, deren Wohlwollen auf diese Weise zu sichern, ich mich gezwungen sehe.«

»Ich bin selbst schuld, dass ich gefragt habe.« Ali lachte und wurde dann ernst. »Ich hatte mit Flo schon mehrmals über eine Trennung gesprochen oder es zumindest versucht. Er hat mich aber nie für voll genommen. Der ignoriert mich dann einfach und macht stur weiter wie bisher. Ich will keine Unruhe in unseren Urlaub bringen und werde ihn erst nach unserer Rückkehr bitten, aus der Wohnung auszuziehen. Bitte sprecht das Thema nicht an.«

»Nein, natürlich nicht!« Ich sah sie überrascht an.

»Ich versuche, mir die Anrede *baldiger Ex-Schwager* zu verkneifen, aber versprechen kann ich nichts.« Phil grinste.

»Das macht nichts, wenn du dich verplapperst. Er nimmt dich ohnehin nicht ernst.« Ali lächelte traurig. »Vermutlich werde ich meine Bitte mehrmals wiederholen müssen, da er meist die ersten drei bis vier Male nicht zuhört, aber ansonsten bin ich zuversichtlich, seinen Auszug zügig vorantreiben zu können. Seine Mama nimmt ihn bestimmt gern wieder bei sich und seinem Papa auf, denn sie hatte es ja gleich gesagt, dass das mit uns nur schiefgehen kann. Sie kocht ihm zum Trost seinen Lieblingspudding – halb Vanille und halb Mandel – aus frischer Vollmilch, weil ein Feinschmecker auch bei gekochtem Wabbelschlabber den Unterschied zur H-Milch herausschmecken kann, sobald er die leere Milchpackung im Mülleimer entdeckt.« Ali legte die schlafende Josie in die Babywippe und kochte frischen Kaffee.

Nach dem Abendessen setzte Ali den ersten Teil ihrer Zukunftspläne in die Tat um und verzichtete auf *Rutabaga Harvest*. Stattdessen recherchierte sie im Internet, was man in der näheren Umgebung unternehmen konnte. Mir war das sehr recht, da mir langsam die Decke auf den Kopf fiel.

Lena, die deshalb ein wenig gekränkt wirkte, fuhr mit David weg. Wohin, blieb ihr Geheimnis, denn sie erwähnten es nicht, und keiner von uns kam auf die Idee nachzufragen.

Phil und ich lasen. Als Flo nach Hause kam und den Sportkanal einschaltete, flüchtete ich wieder aufs Zimmer. Ich fragte mich, ob Phil diese nervigen Hintergrundgeräusche wirklich nicht störten. Oder blieb er aus Trotz in Flos Nähe, weil er in Freiburg immer gehen musste, wenn Flo heimkam?

Phil war ein merkwürdiger Mensch mit einer Persönlichkeit voller Widersprüche. Inzwischen fand ich ihn eigentlich sehr nett, obwohl er seine Freundlichkeit sehr gut zu verbergen wusste. Manchmal fühlte ich mich von ihm ein klein wenig manipuliert. Es schien ihm Spaß zu machen, seine Mitmenschen zu durchschauen und wie Spielfiguren herumzuschieben. Ich lächelte, als mir klar wurde, dass Alis Strategie, ihn im Zweifelsfall zu ignorieren, die einzig richtige war. Sie musste es schließlich wissen, denn sie hatte lebenslange Erfahrung mit ihm.

6. Nach Norden

Der Donnerstag begann äußerst vielversprechend. Da am Vorabend alle relativ früh zu
Bett gegangen waren, versammelten sich
die üblichen Verdächtigen bereits gegen halb neun
im Wohnbereich, um Pläne für den Tag zu machen.
Offensichtlich war ich gar nicht die Einzige, die es
merkwürdig fand, einmal längs durch Deutschland zu fahren, um in einem fremden Wohnzimmer herumzuhocken. Man konnte es mit der Defi-
nition des Tapetenwechsels auch übertreiben.

Lena und David beschlossen, einen Tagesausflug nach Norderney zu unternehmen, und versuchten, mich für dieses sagenhafte Vorhaben zu
gewinnen. Ich zögerte und wartete ab, ob noch andere mitkommen wollten. Die Insel interessierte
mich sehr, aber ein Ausflug zu dritt kam unter diesen besonderen Umständen für mich überhaupt
nicht infrage!

Ali traute Josie, die heute Morgen etwas quen-
gelig war, keinen Tagesausflug zu, reagierte aber
begeistert auf Phils Vorschlag, einen Spaziergang
nach Norden nach Südosten zu unternehmen. Gemeint war die Stadt Norden, die südöstlich von
Norddeich lag. Für Flo, der schon sehr früh aufge-
brochen war und offenbar einen der beiden Schlüssel mitgenommen hatte, da nur noch einer am Haken hing, wollte sie einen Zettel auf den Kühl-
schrank legen. Damit war für mich alles klar: Auf
nach Norden beziehungsweise Südosten!

Während Ali die Babytasche packte und ich notgedrungen mit der etwas ungnädigen Josie auf dem Arm durch den Wohnbereich tanzte und ihr immer wieder den Schnuller anbot wie sauer Bier, suchte Phil im Internet nach den gigantischen Attraktionen, die eine Weltstadt wie Norden sicherlich zu bieten hatte, und entschied sich für einen Spaziergang ins Stadtzentrum, um sich dort ein wenig umzusehen.

»Ich weiß gar nicht, wie man früher, als es noch kein Internet gab, seine Stadtspaziergänge plante«, meinte er kopfschüttelnd. »Vermutlich latschte man einfach los und ging denselben Weg zurück. Da konnte es sicherlich leicht passieren, dass man an einem Discounter in der Parallelstraße vorbeilief und die ganzen Sonderangebote verpasste! Grausam!«

Es waren nur ein paar Kilometer bis ins Zentrum. Phil schob den Kinderwagen mit der inzwischen eingeschlafenen Josie. Ali und ich gingen hinter ihm, unterhielten uns über Strickmuster und bedauerten beide, viel zu wenig Zeit für Handarbeiten zu haben, da wir uns einig waren, dass sie etwas Beruhigendes, Entspannendes und Meditatives hatten.

»Ich könnte jetzt auch etwas Beruhigendes vertragen, wenn ihr euch noch weiter über das Thema Handarbeiten unterhalten wollt. Bei mir löst das einen Drang zu spontanen Selbstverletzung aus. Gibt es da auch was ohne Nadeln?«, fragte Phil, ohne sich zu uns umzudrehen.

»Klöppeln«, schlug ich vor.

»Klingt vielversprechend!«, meinte Phil. »Ich nehme den Klöppel von der ganz großen Glocke und donnere ihn mir so lange gegen die Stirn, bis ich euch nicht mehr hören kann. Sobald Josie den Unterschied zwischen Bällen und Brüsten kennt, bringe ich ihr Fußball bei. Sie soll nicht werden wie ihr!«

»Warst du nicht der, der im Sportunterricht immer als Letzter in die Mannschaft gewählt wurde?«, fragte Ali lachend.

»Nein, der Vorletzte«, widersprach Phil. »Dennis war der Letzte, weil der vor lauter Eifer immer die eigene Mannschaft foulte. Ich war meistens Torwart, weil selbst die Pummeligen besser spielen konnten als ich. Aber das passt doch prima: Ich stehe im Tor und werfe mich aufopferungsvoll abwechselnd nach links und nach rechts, während Josie einen Ball nach dem anderen an mir vorbeikullert und einen Riesenspaß hat. Ganz wie in alten Zeiten!«

»Schade, dass Lena und David heute durch den Regen stapfen«, meinte Phil mit einem versonnenen Gesichtsausdruck beim Mittagessen, das wir in einem Restaurant mit Mittagstisch einnahmen. Er tippte beim Essen auf seinem Smartphone herum, während ich lächelnd Josie beobachtete, die auf Alis Schoß sitzend jedem Bissen, den ihre Mutter zum Mund führte, staunend hinterherschaute.

»Wieso?«, fragte ich überrascht.

»Wieso ich das schade finde? Weil ich dachte, dass das sympathischer wirkt als ein gehässiger Lachanfall.« Phil grinste.

»Seit wann willst du sympathisch wirken?«, fragte Ali kichernd.

»Weil ich gern mal was Neues, Unbekanntes ausprobiere.«

»Regnet es auf Norderney?«, präzisierte ich meine Frage.

»Ja.« Er zeigte mir den aktuellen Wetterbericht und lachte.

»Das ist aber blöd, wenn man vom Wetterwechsel überrascht wird«, meinte Ali.

»Warum überrascht? Die haben doch auch Smartphones und können Wettervorhersagen entziffern. Das kommt hier offenbar öfter vor, dass die Inseln anderes Wetter haben als die Küste. Das erklärte mir im Supermarkt eine alte Dame, die sich von mir die Backerbsen aus dem obersten Fach holen ließ, statt zu hüpfen wie gewisse eigensinnige Etagenbettschläferinnen.«

»Hast du mir das echt geglaubt?«, fragte ich ihn verwundert.

»Nein, aber ich brauchte einen ganzen Tag, um das mit der Leiter zu peilen. Das ärgert mich noch immer, weil ich doch der Oberchecker bin!«

»Allerdings bist du ein Checker auf Urlaub«, gab ich zu bedenken. »Der muss sich doch einmal im Jahr vom Checken erholen dürfen.«

»Super! Wenn ich mal wieder eine saublöde Ausrede für ein Totalversagen brauche, wende ich mich vertrauensvoll an dich, Prinzessin!«

»Du wirst jetzt aber nicht frech zu ihr!«, ermahnte ihn Ali.

»Sorry, Charlie, war nicht böse gemeint.« Er sah mich erschrocken an.

»Ich fand es lustig«, beeilte ich mich zu sagen und lächelte. Ich fand ihn wirklich witzig.

Nach dem Essen bummelten wir durch die Straßen und sahen uns die schönen Häuser an. Ich hatte schon immer eine Schwäche für Klinker gehabt und konnte mich gar nicht sattsehen.

»Halt dich fest, Prinzessin! Hier gibt es etwas ganz speziell für dich: Ein Teemuseum! Jetzt musst du *ah* und *oh* rufen!«, meinte Phil zu mir.

»A und o«, antwortete ich so emotionslos wie möglich. »Muss ich auch in Ohnmacht fallen, oder reicht es, wenn ich die Hände vor Begeisterung zusammenschlage?« Ich klatschte wie ein Kleinkind, konnte aber ein erwartungsvolles Lächeln nicht ganz unterdrücken. Ich liebte Museen!

Ali zwinkerte mir amüsiert zu. »Also ich würde mir die Ausstellung gern ansehen!«

»Ich glaube, das mit dem frenetischen Jubeln üben wir besser nochmal, Prinzessin!«, meinte Phil lachend und suchte auf dem Smartphone den kürzesten Weg.

Nach unserer Rückkehr legte ich mich oben hin und schlief eine halbe Stunde. Da Josie nachts niemals allein wach war, sondern alle Hausbewohner daran teilhaben ließ, hatte ich ein sehr großes Schlafbedürfnis, und der Ausflug hatte mich zusätzlich müde gemacht.

Als ich wieder in den Wohnbereich kam, waren Lena und David schon wieder zurück und zeigten uns die Urlaubsmitbringsel, die sie für ihre Eltern gekauft hatten. Offenbar hatten diese einen Zuschuss zur Urlaubskasse geleistet, der ihnen jetzt mit Porzellanseehunden und Geschirrtüchern mit maritimen Motiven auf zweifelhafte Weise vergolten wurde.

Phil und ich machten uns die Reste der Linsensuppe vom Vortag als Abendessen warm. Obwohl diesmal alle bis auf Flo am Esstisch versammelt waren, wollte nicht so recht Stimmung aufkommen. Die anderen schienen in den Seilen zu hängen und hätten wohl besser meinem und Josies Beispiel folgen und ein Nachmittagsnickerchen einlegen sollen. Sie war jedenfalls putzmunter und zappelte so auf Phils Schoß herum, dass er sie in regelmäßigen Abständen hochziehen musste, damit sie nicht unter den Tisch rutschte.

Als Flo gegen halb neun zurückkam und sein Abendessen mit einer lautstarken Sportsendung verband, wünschte ich allen eine gute Nacht, ging duschen, putze die Zähne und verzog mich mit einer Flasche Wasser und meinem Reader ins Bett.

Gegen elf kam Phil, um sich Kulturbeutel und Schlafanzug zu holen, und ging ins Bad. Nach seiner Rückkehr blieb er unschlüssig neben dem Bett stehen.

Da ich mich beobachtet fühlte, blickte ich von meinem Reader auf.

»Was liest du?«, fragte er.

»Bekenntnisse des Hochstaplers Felix Krull.«

»Und was liest du wirklich?«

Ich hielt ihm den Reader vor die Nase.

»Warte doch, bis Mann es fertiggeschrieben hat. Sonst weißt du gar nicht, wie es ausgeht.«

»Ja, Cliffhanger am Buchende sind echt nervig«, gab ich ihm kichernd recht.

»Wenn du noch nicht müde bist, würde ich auch ein bisschen lesen.«

»Ja, gern.«

Er legte sich ins Bett, und Seiten raschelten.

Nach einer Weile hörte ich, wie er temperamentvoll das Buch zuklappte. Dann herrschte Stille.

»Möchtest du gern schlafen?«, fragte ich ihn.

»Nö. Kann noch nicht.«

»Okay. Sag Bescheid, wenn du das Licht ausmachen möchtest.«

»Soll ich dir ein Märchen erzählen?«, fragte er unvermittelt.

»Als Gutenachtgeschichte?« Ich lachte.

»Ja. Wenn du so willst.«

»Gern.«

»Soll ich sie dir so erzählen, oder setzt du dich zu mir?«

Mein Puls ging hoch. Da war eine unsichtbare Grenze, die wir bisher nicht einmal ansatzweise berührt hatten. Und nun musste ich spontan entscheiden, ob ich sie überschreiten wollte. Andererseits trug ich einen pink und weiß gemusterten Baumwollschlafanzug und keine Dessous. Die Sache war vielleicht wirklich eher als harmloser Hüttenzauber gedacht. Wie im Landschulheim früher, als wir Mädchen kichernd in unserem Zimmer einen Jungen hinter Bettzeug versteckt hatten, bis ihm der Schweiß in Strömen herabgelaufen war.

115

»Sorry! Das war ein blöder Vorschlag. Vergiss es bitte«, flüsterte Phil.

»Nein, ist okay. Ich komme.« Ich kletterte die Leiter hinunter.

Unten lag Phil unter der Decke mit dem Rücken an der Wand und bot mir mit einer ironischen Handbewegung an, mich neben ihm auf die Decke zu legen. Das erschien mir recht harmlos, und ich machte es mir bequem, indem ich mich ebenfalls auf die Seite legte und den Kopf in die Hand stützte. »Schieß los!«

»Also … Es war einmal eine wunderschöne Prinzessin, die gefühlt eins fünfzig groß war und ein gestörtes Verhältnis zu obersten Regalbrettern hatte, um mal gleich zu Anfang Verwechslungen mit wesentlich kleineren Prinzessinnen auszuschließen. Du verstehst?«

»Ja, ich verstehe. Die Dame war also nicht nur wesentlich hübscher, sondern auch dreizehn Zentimeter kleiner als ich. Erzähl weiter!«

»Die beschloss eines Tages, ihr Königreich zu verlassen und mit zwei virtuellen Landwirtinnen, einem hirnamputierten Radfahrer und einem halbseidenen Schönling in Urlaub zu fahren.«

Ich zuckte bei dem *Schönling* kurz zusammen und hoffte, dass Phil das nicht auffiel.

Der erzählte weiter: »Aufgrund von märchenhaften Verschiebungen im Bereich der Raumzeit und einer unvorhergesehenen Kollision zwischen zwei Wurmlöchern kam sie vor den anderen an und wurde von einem hässlichen, haarigen Biest vom Bahnhof abgeholt.«

»Bist du nicht der äußerst kritische Leser, der ständig Klischees moniert? Wie schwer es ist, sich einen originellen Plot auszudenken, merkt man offenbar erst, wenn man es mal selbst versucht.«

Er ließ sich nicht beirren: »Die vorlaute Prinzessin, die dem Märchenerzähler dreist ins Wort fiel, ließ sich also in ein ziemlich dreckiges Auto verfrachten, für das sich das Biest ganz doll schämte.«

»Dabei hätte das Biest nur ab und an mal sauberzumachen brauchen. Dann hätte die Prinzessin sich nach ihrer Ankunft nicht ganz unroyal die schwarze Jeans abklopfen müssen.« Ich lächelte.

Er schwieg und senkte den Blick.

»Wie geht es weiter?«, fragte ich.

»Den Rest der Geschichte kennst du.«

»Den Anfang kannte ich auch.« Ich sah ihn an, bis er aufblickte. »Ich hatte gehofft, die Geschichte hat ein Happyend«, flüsterte ich.

»Denk dir eines aus«, schlug er vor.

»Es ist deine Geschichte.«

Er sah mir in die Augen und lächelte. »Eines Abends lag sie auf seiner Bettdecke und gab ihm einen Gutenachtkuss …«

Ich lehnte mich vor und küsste ihn sanft auf den Mund.

»… auf die Wange, wollte ich eigentlich sagen, aber das war auch okay. Wo ist die Backspace-Taste? Ich muss mal eben das Manuskript ändern. Das Märchenbuch ist ab sofort ab sechzehn und nicht mehr ab acht Jahren.«

Ich spürte, wie ich rot wurde.

Er fuhr lächelnd fort: »Die Prinzessin von ungeklärter Größe errötete hold, bekam aber in ihrem albernen Schlafanzug mit der Zeit eine Gänsehaut an den Armen und den hübschen Beinen, weil es schweinekalt im Zimmer war, und kroch dann nassforsch zum Biest unter die Decke, das felsenfest und mit vierfachem Doppelehrenwort versprach, auch ganz doll artig zu bleiben.«

Ich lachte leise und ließ Taten folgen. Rückte ihm dabei aber dicht auf die Pelle und küsste ihn.

Er nahm mich sanft in die Arme und flüsterte, als ich seinen Mund freigab: »Allerdings blieb die Prinzessin überhaupt nicht artig und brachte das schüchterne Biest in Verlegenheit.« Er grinste mich frech an und fügte hinzu: »Wusste ich doch, dass es sich auf Dauer auszahlen wird, wenn ich mich rasiere und zum Friseur gehe! Wenn man eine gute Rendite will, muss man schließlich etwas investieren! Das bestätigt dir gern jeder windige Anlageberater.«

Ich zuckte zusammen, wand mich aus seiner Umarmung und rückte von ihm ab. »Du hast das also die ganze Zeit geplant!«, stellte ich nüchtern fest. Ich konnte es nicht glauben! Hinter all dem steckte eiskalte Berechnung! Wie hinter Davids Wattenmeer-Gelaber. War ich denn nur noch von Egozentrikern umgeben? Mir zitterten die Hände, als ich unter der Decke hervorkroch.

»Der dumme Spruch ging eindeutig nach hinten los.« Phil klang zerknirscht. »Warum kann ich nicht ein Mal mein blödes Maul halten und einfach nur nett sein?«

Ich sah nicht mehr zu ihm, sondern kletterte mit Tränen in den Augen die Leiter hoch.

»Charlie?«

»Gute Nacht!«, flüsterte ich.

»Charlie! Das war doch nur Spaß! Bitte komm zurück! Das war wirklich nur Spaß! Gar nichts habe ich geplant. Wirklich nicht! Ich bin völlig planlos, lebe planlos in den Tag hinein und gehe generell planlos durchs Leben! Ja, ich besitze nicht einmal so eine Plane für mein Fahrrad, wie Flo eine hat. So plane-los bin ich!«

Ich hörte, wie er aus dem Bett stieg, und drehte mich mit dem Gesicht zur Wand.

»Soll ich dir ein anderes Märchen erzählen?«, fragte er dicht hinter mir leise.

»Morgen. Okay? Heute habe ich ja schon meine Geschichte bekommen«, antwortete ich, ohne mich umzudrehen.

»Danke für die Küsse.«

»Gern geschehen!« Mir liefen Tränen übers Gesicht, aber ich wollte sie nicht wegwischen, solange er dort stand. Er tat mir leid, ich tat mir leid, und gleichzeitig war ich wütend auf mich selbst. Denn ich hatte wieder einmal alles verbockt, weil ich spontan und unüberlegt das getan hatte, was ich mir in dem Moment gewünscht hatte, statt das zögerliche Annäherungsspielchen zu spielen, das offenbar in solchen Situationen erforderlich war, um sich als Frau interessant und begehrenswert zu machen. *Nicht beziehungsfähig* hatte mich Lena damals genannt, als eine meiner kurzen Beziehungen nach bereits vier Wochen und zwei Tagen in die Brüche gegangen war, was absolut neuer Rekord gewesen war.

119

Unten raschelte die Bettdecke. Er hatte sich wieder hingelegt, jedoch die Leuchte neben seinem Bett noch nicht ausgeknipst. »Charlie?«

»So nennt mich eigentlich nur Lena.« Meine Stimme zitterte.

»Wie nennen dich deine anderen Freunde?«

»Charlotte.«

»Wie soll ich dich nennen?«

»Wie du magst.«

»Ich denke mir was Hübsches aus und lege dir den Vorschlag zur Begutachtung vor. Okay?«

»Ja.«

»Schlaf schön, Liebste!«

Ich konnte nicht antworten, weil ich sonst geschluchzt hätte.

7. Abschied

Die Sonne schien durch die Ritzen zwischen Rollo und Fenster. Ich gähnte und streckte mich. Dann kam die Erinnerung an den gestrigen Abend. Sie fühlte sich an wie eine Ohrfeige. Was hatte ich mir nur dabei gedacht, den frechen Kerl zu küssen? Hatte ich gehofft, der Frosch verwandle sich in einen Prinzen? Normalerweise war ich beim Knutschen längst nicht so freigiebig. Was hatte ich damit bezweckt? Warum hatte ich ihn spontan geküsst? Einsamkeit? Ungewohnte Nähe? Neugieriges Östrogen? Ich schloss die Augen und versuchte, mich an den Moment zu erinnern: Phil hatte erzählt und erzählt und gelächelt … Ich sah sein zärtliches Lächeln vor meinem geistigen Auge und erwischte mich dabei, dass ich ebenfalls lächelte. Okay. Das Warum hatten wir also geklärt: Ich stand offensichtlich auf Grübchen. Gut zu wissen!

Ich kletterte die Leiter hinunter, schlüpfte in meine Hausschuhe und stolperte im Halbdunkeln über irgendeinen Gegenstand, der vor dem Bett herumlag. Nachdem ich das Rollo hochgezogen hatte, öffnete ich das Fenster und lehnte mich hinaus. Momentan schien die Morgensonne ins Zimmer, aber weiter weg waren Wolken zu sehen, die sich näherten. Ein Vormittagsspaziergang war vielleicht drin, wenn ich mich sputete, aber für den Nachmittag wagte ich keine Prognose. Schnell suchte ich mir zusammen, was ich anziehen wollte, schnappte mir meinen Kulturbeutel von der Wickelkommode und ging in Richtung Tür. Da sah ich, worüber ich gestolpert war: Phils Hausschuhe. Ich blickte zum Bett – und Phil direkt in die Augen.

»Guten Morgen, Charlotte«, sagte er leise.

»Du liegst ja noch im Bett!«, stellte ich erstaunt fest.

»Du hast es erfasst.«

»Bist du krank?«

»Nein, nur zu faul zum Aufstehen.«

»Kann ich dir nachher etwas bringen? Tee? Kaffee?«

»Nein, ich stehe auch gleich auf.«

»Möchtest du vor mir ins Bad?«

»Nein, mach du. Ich liege hier gerade so schön. Außerdem kann ich auch unten ins Gäste-WC. Ich dusche immer abends. Wie du.«

»Okay.«

Ich trödelte absichtlich im Bad herum, weil ich ihm heute Morgen nicht noch einmal im Zimmer begegnen wollte.

Beim Zähneputzen kam jedoch das schlechte Gewissen. Vermutlich war es wirklich nur ein Scherz gewesen. Und ich hatte humorlos und überempfindlich reagiert und alles ruiniert. Phil konnte ja nicht wissen, was David versucht hatte. Bei der Vorstellung, wie der Spinner ausgiebig Bücher, Prospekte und Bildbände über das Wattenmeer und Wattwanderungen gewälzt hatte, weil er ernsthaft geglaubt hatte, dass bei einem sexy Umweltschützer mein Herz dahinschmelzen müsse, bekam ich eine Gänsehaut. Und nun lag Phil hellwach im Bett, starrte den Lattenrost über sich an und verstand die Welt nicht mehr. Mir traten die Tränen in die Augen, meine Lippen begannen zu zittern, und ich spuckte die Zahncreme ins Becken. Ich beschloss, gleich ganz besonders nett zu ihm zu sein und mich zu entschuldigen. Die Sache mit David konnte ich ihm leider nicht erzählen, denn die klang einfach zu unglaubwürdig!

Ich zog mich an, steckte meine Siebensachen in den Kulturbeutel, legte den Schlafanzug lässig zusammen und verließ hastig das Badezimmer. Draußen auf dem Flur hätte ich beinahe Lena und Phil über den Haufen gerannt, die einander leidenschaftlich küssten. Mich traf fast der Schlag, und ich rannte geradezu ins Kinderzimmer und schloss die Tür hinter mir. Den Punkt *nett-zu-Phil-sein* konnte ich auf meiner Agenda abhaken. Das hatte schon eine andere für mich erledigt, die sich bei solchen Dingen nicht so selten dämlich anstellte wie ich.

Mein schlechtes Gewissen war wie weggeblasen. In Windeseile stellte ich den Kulturbeutel auf die Wickelkommode zurück, legte den Schlafanzug unter mein Kopfkissen und wollte schon das Zimmer verlassen, um trotzig den beiden eine sturmfreie Bude für Liebesstufenexzesse zu schaffen, als ich Ali schreien hörte und mit der Klinke in der Hand mitten in der Bewegung erstarrte.

»Bist du bescheuert?«, brüllte Ali. »Das ist mein Bruder und kein Versuchskaninchen für eure perversen Psycho-Experimente! Wenn ihr euch nach so kurzer Zeit schon miteinander langweilt, dann spielt Minigolf oder lernt Serviettenfalten oder macht endlich diese verdammte Wattwanderung!

Aber ihr verwandelt dieses Ferienhaus nicht in einen Swingerclub! Philip hat genug Scheiße erlebt! Da brauch er dich nicht auch noch als Sahnehäubchen obendrauf! Wir sind hier doch nicht auf dem Fasching!«

Josie begann zu weinen.

Ich lehnte mich gedankenverloren gegen die Kante der Wickelkommode. Solange Ali im Flur Lena verbal die Ohren langzog, konnte ich meinen Plan, nach unten zu gehen, nicht in die Tat umsetzen. Und die Eile war auch nicht mehr nötig, da der Punkt *sturmfreie-Bude-schaffen* ebenfalls abgehakt werden konnte.

Nun sprach offenbar Lena. Ich konnte durch die geschlossene Tür und wegen des Babygeheuls nicht verstehen, was sie sagte. Doch als Phil in schallendes Gelächter ausbrach, konnte ich mir denken, was sie Ali und Phil soeben erklärt hatte. Gegen meinen Willen musste ich schmunzeln. Und aus unerklärlichen Gründen atmete ich auf. Vermutlich hatte ich die Szene falsch gedeutet. Ich versuchte, mich so detailliert wie möglich daran zu erinnern. Ja, Lena hatte ihre Hände in Phils Nacken liegen. Hatte sie ihn überrascht und seinen Kopf zu sich heruntergezogen? Da konnte ich ja noch froh sein, dass David sein Anliegen hauptsächlich verbal vorgetragen hatte!

Draußen wurde nun leiser gesprochen. Täuschte ich mich, oder hörte ich jetzt auch Davids Stimme? Josie schien sich ebenfalls wieder zu beruhigen. Ich stellte mich ans Fenster und betrachtete die heranziehenden Wolken. Es sah nach Regen aus. Die Lust auf einen Spaziergang war mir aber auch so vergangen.

Nun lief jemand eilig die Stufen in den zweiten Stock hinauf. Eine zweite Person schien langsamer nachzukommen.

Ich wartete, bis ich Schritte auf der Treppe nach unten hörte, und öffnete dann vorsichtig die Tür. Der Flur war leer. Erleichtert folgte ich den anderen ins Erdgeschoss, machte mir einen Tee und ein Schälchen mit Porridge und setzte mich zu Phil auf die Dreiercouch, der Josie auf dem Schoß hatte und ihr aus einem der Liebesromane vorlas.

Ali stand an der Terrassentür und blickte nach draußen.

Ohne mich anzusehen, hielt Phil nach einer Weile mitten im Satz inne und fragte: »Hat David das bei dir auch versucht?«

»Nicht auf diese Weise.«

»Wie dann? Muss ich ihm eine reinhauen?«

»Nein. Er sprach eigentlich nur mit mir.« Die Umarmung ließ ich großzügig unter den Tisch fallen.

Phil blickte noch immer ins Buch. »Ich würde ihm trotzdem gern eine reinhauen, aber das ist heutzutage in zivilisierten Kreisen leider nicht mehr üblich. Ja, früher war nicht alles schlecht!« Er nickte weise mit dem Kopf. Dann las er Josie weiter aus dem Roman vor. Doch er kam nicht weit.

»Sie ist völlig durchgeknallt«, stellte Ali mit zitternder Stimme fest, ohne sich umzudrehen. »Sie glaubt ernsthaft, anderen Menschen etwas Gutes zu tun. Mir wollte sie kurz vor dem Urlaub auch schon ihren Typen aufschwatzen. Die Sorte hätte mir gerade noch gefehlt zu meinem Glück!«

»Ist David eigentlich attraktiv?«, fragte Phil interessiert.

»Wie meinst du das?«, erwiderte Ali. »Du kannst ihn schon die ganze Zeit selbst anglotzen und weißt doch hoffentlich inzwischen, wie er aussieht.«

»Na, ist er ein Typ, den eine Frau sieht und denkt: *Wow, den Schnuckel würde ich gern hier und jetzt vernaschen! Dreht euch bitte alle diskret weg; ich stürz' mich mit Juhu auf ihn!*«

Ich merkte, wie ich knallrot wurde, und brachte schnell mein leeres Schälchen zur Spüle.

»Warum willst du das wissen?«, fragte Ali.

»Nur so. Ganz allgemein. Prinzipielle Konkurrenzbeobachtung, Feldforschung und so. Du verstehst?«

Ich setzte mich wieder zu ihm und hoffte, dass man mir meine Verlegenheit nicht ansah.

»Nein«, antwortete Ali und blickte ihn verwundert an. »Das verstehe ich nicht. Aber wenn du es unbedingt wissen willst: David sieht wirklich sehr gut aus und wirkt auf den ersten Blick sympathisch. Aber diese Besessenheit in Bezug auf Wattwanderungen fand ich von Anfang an etwas abstoßend. Der hat sich hier alles gekrallt, was im Haus zu dem Thema herumlag, und redet seither von nichts anderem mehr. Das ist doch nicht mehr normal!«

»Mich erstaunt, dass er nicht gleich am ersten sonnigen Tag mit Eimerchen und Schäufelchen losgezogen ist!« Phil zog die Stirn in Falten. »Also ich hätte mich vor zwanzig Jahren nicht aufhalten lassen! Wattwürmer in Hülle und Fülle! Stellt euch das mal vor! Das reinste Paradies! Eine von Katzen vollgeschissene Sandkiste nach einem Starkregen ist ein Dreck dagegen! Im wahrsten Sinne des Wortes.«

»Du hattest jedenfalls recht, dass dein glattrasiertes Gesicht offenbar auf gestörte Frauen anziehend wirkt.« Ali drehte sich zu Phil um. »Vielleicht solltest du die Topfkratzerwolle doch wieder wachsen lassen. Ignorier meine Kritik! Ich bin deine Schwester und in Bezug auf Fusselbärte kein Maßstab.«

Ich zuckte zusammen. *Gestörte Frauen?* Plural? Hatte er ihr von meinen Küssen erzählt? Verschämt blickte ich auf meinen Teebecher, der vor mir auf dem Tisch stand.

»Josie ist in einem Alter, in dem sie manchmal ruckartig den Kopf bewegt, wenn man sie auf dem Arm hat. Diese Drahtbürste ist Gift für zarte Babyhaut. Ich dachte ja, dass die Haare weicher werden, wenn sie länger sind, und glatter an der Haut anliegen. Aber meine Borsten stehen kreuz und quer. Als sie den Bart letztens touchierte und weinte, war für mich klar, dass die Idee vorerst gestorben ist. Wenn sie alt genug ist, um daran zu ziehen, kann ich es mir immer noch anders überlegen und ihr den Spaß gönnen. Nicht wahr, Prinzessin?« Er lächelte Josie an, die ihm die ganze Zeit aufmerksam zugehört hatte und zurücklächelte.

»Du darfst sie nicht zu sehr verwöhnen. Manchmal denke ich, dass sich bei dir fast alles nur noch um sie dreht«, gab Ali zu bedenken.

»Du meinst, weil sie nur meine Nichte und nicht meine Tochter ist?«

»Nein, weil du auch noch ein eigenes Leben hast. Flo ist das eine Extrem und du manchmal das andere. Charlie, bleib hier!«

Ich hatte mich verkrümeln und die Geschwister nicht länger stören wollen.

»Die zwei Liebesstufengipfelstürmer packen oben, weil sie nachher noch abreisen«, erklärte mir Phil feixend. »Denen komm mal besser nicht in die Quere, sonst packen sie das Gehirnwaschshampoo wieder aus und seifen dich ein.«

Ich blickte unwillkürlich auf die Uhr.

»Sie verbringen den restlichen Urlaub in Köln bei einer von Davids vielen Freundinnen. Da kommt vermutlich keine solche Langeweile auf wie mit uns altmodisch-verklemmten Leutchen hier.« Phil griente.

»Mir tut Lena sogar ein bisschen leid. Sie ist da in etwas hineingerutscht, dass sie nicht mehr überblicken kann.« Ali setzte sich zu uns. »Andererseits habe ich momentan genug eigene Probleme und kann nicht gegen Davids Gesülze anstinken. Und ehrlich gesagt, bin ich noch immer wahnsinnig wütend auf sie und muss das erst einmal verarbeiten.«

Ich blickte auf meine Hände, die ich nervös knetete. »Ich werde immer für Lena da sein, wenn sie mich braucht. Dass ich nicht für irgendwelche Typen da sein möchte, die sich einbilden, mich für ihr *inneres Gleichgewicht* zu brauchen, ändert nichts daran, dass Lena und ich seit vielen Jahren befreundet sind«, sagte ich leise.

»Das ist lieb von dir«, stellte Ali in sachlichem Ton fest. »Sie wird dich garantiert brauchen, wenn ihr Traum zerplatzt und ihre anderen Freundinnen längst schreiend das Weite gesucht haben.«

Oben wurde eine Zimmertür geöffnet und bald darauf hörte man schwere Schritte auf der Treppe. Lena und David brachten ihr Gepäck nach unten. David, der mir strahlend einen guten Morgen wünschte, presste sich mit der linken Hand einen Stapel Bücher und Broschüren gegen die Brust, den er sorgfältig im untersten Fach des Bücherregals beziehungsweise in einer der Kommodenschubladen verstaute, während Lena schwer atmend nach und nach die restlichen Taschen herunterholte. Sie wirkte sehr verlegen. Vielleicht lag es daran, dass sie doch noch nicht die aller-allerhöchste Aalglattstufe erreicht hatte und noch einen letzten Rest Schamgefühl besaß.

»Nehmt bitte euren Anteil an den Lebensmitteln mit!«, erinnerte Ali sie an die gemeinsame Lagerhaltung.

Lena winkte müde lächelnd ab, aber David machte sich nützlich und packte fleißig ein, während Lena und ich die anderen Sachen zum Auto trugen.

Draußen lächelte sie mich schüchtern an. »Bist du mir böse?«

»Nein.« Ich sah sie erstaunt an.

»Wirklich nicht?«

»Nein. Es ist ja nichts passiert. Wir haben nur mal über etwas Grundsätzliches geredet und waren verschiedener Meinung. Das kommt vor, wenn man befreundet ist. Eigentlich war es sogar sehr nett von dir, dass du mit mir teilen wolltest.« Ich lächelte verkrampft. Davids Name wollte mir ums Verrecken nicht über die Lippen kommen.

Lena lächelte zurück. »Danke. Ich habe es auch wirklich nur gut gemeint.« Verlegen blickte sie auf ihre Hände. »Ich schicke dir Nachrichten, wenn wir in Köln beziehungsweise Freiburg sind. Wir verbringen nämlich noch ein paar Tage in Köln, weißt du? Damit David sein inneres Gleichgewicht wiederfindet.«

»Das wäre sehr lieb von dir. Dann weiß ich, dass ihr gut angekommen seid.«

»Ich wünsche dir noch einen schönen Urlaub«, sagte sie mit einem strahlenden Lächeln.

»Vielen Dank. Ich wünsche dir eine gute Fahrt.«

»Danke.«

David kam mit einer Lebensmittelkiste, die er sorgfältig im Kofferraum verstaute.

»Ich glaube, meine Freundschaft mit Ali ist vorbei«, meinte Lena und blickte wehmütig zur Eingangstür. »Sie war so schrecklich wütend vorhin. So habe ich sie noch nie erlebt.«

»Warte ab, bis sie wieder in Freiburg ist. Da renkt sich sicher wieder alles ein.«

»Ich dachte ehrlich, Phil ginge es besser. Wo er sich doch wieder rasiert und so.«

Während ich krampfhaft überlegte, welche Auswirkungen Phils Gesichtsbehaarung wohl sonst noch auf das Weltgeschehen haben konnte, fuhren sie winkend los, und ich winkte gedankenverloren zurück.

»Eigentlich kann ja jetzt einer oder eine von euch ins obere Zimmer umziehen«, schlug Ali vor, als ich mich wieder auf die Couch setzte.

Ich sah sie überrascht an. Daran hatte ich noch gar nicht gedacht!

»Geht nicht«, meinte Phil lapidar. »Das ist eine durchgehende Matratze, für die man ein großes Spannbetttuch braucht. Außerdem will ich in keinem Bett schlafen, dass nach Davids Aftershave stinkt. Du etwa, Prinzessin?«

Ich zögerte. War er nicht froh, seine aufdringliche und scheinbar knutschfreudige Zimmergenossin so elegant loszuwerden? Warum zog ich nicht nach oben um? Dort war vielleicht die Aussicht besser und Josie nicht ganz so laut zu hören wie direkt nebenan. Und ein großes Spannbetttuch kostete nicht die Welt. Irgendein pinkfarbenes mit Seepferdchen war im Ort mit Sicherheit aufzutreiben. »Nein«, hörte ich mich sagen. »Ich mag den Geruch nachts auch nicht in der Nase haben.«

Ali sah von der einen zum anderen, sagte jedoch nichts dazu.

Phil blickte auf die Uhr. »Hilft nichts! Ich muss zum Supermarkt! Kommst du mit, Prinzessin? Oder äußerst du deine Wünsche fürs Mittagessen, und ich schau dort allein, was ich tun kann?«

»Darf ich mitessen?«, fragte Ali. »Ich beteilige mich auch an den Kosten. Mir hängt Lenas Dosenfraß langsam zum Hals raus. Ich werde das restliche Zeug daheim so nach und nach mal aufbrauchen. Ab und zu mag ich das ganz gern, aber nicht zweimal täglich eine Woche lang!«

»Ja, du hast Proviant eingekauft wie für eine Weltraummission!« Phil schien bester Laune zu sein. »Ihr seid beide eingeladen! Heute habe ich meinen spendablen Tag! Und wie ist das jetzt, Prinzessin? Mit oder hier?«

»Mir wäre es recht, wenn du hierbleiben würdest«, meinte Ali. »Sonst bin ich mit Josie allein in dem großen Haus.«

»Natürlich!«, beeilte ich mich zu sagen.

»Okay! Dann muss ich eben ganz allein in den großen, bösen Supermarkt. Sogar ohne Josie, die mich beschützen könnte, wenn mich die Kassiererin fragt, ob ich Punkte sammle, am Gewinnspiel teilnehme oder rosafarbene Unterwäsche trage. Magst du Fisch, Prinzessin?«, fragte mich Phil grinsend und reichte Josie an Ali weiter.

»Ja, gern«, antwortete ich verwirrt. Ich konnte noch immer nicht fassen, dass Lena abgereist war.

»Philip ist sehr sensibel«, sagte Ali, als er draußen war. »Bitte vergiss das nicht, wenn du dich mit ihm unterhältst. Irgendwann in der Schule hat er angefangen, sich hinter dummen Sprüchen zu verstecken. Viel geholfen hat ihm das bis jetzt nicht im Leben.«

Ich starrte sie an und wusste nicht, was ich sagen sollte.

»Deshalb bin ich so verdammt wütend auf Lena«, fuhr Ali fort. »Sie wusste das alles, weil sie ihn über mich kennt, seit er wieder daheim eingezogen ist, und ich ihr auch etwas über ihn erzählt habe. Sie hat sich total verändert, seit sie mit David zusammen ist, und ist mir richtig fremd geworden. Dir nicht?«

»Ja, mir auch. Ich habe sie zwar nicht oft gesehen in letzter Zeit, weil ich während der vorlesungsfreien Zeit ein paar Wochen lang gearbeitet habe, aber mir ist auch aufgefallen, dass sie anders ist als früher. Momentan pendle ich zwischen Mitleid und Belustigung.« Ich lächelte verlegen.

»So ging es mir auch. Bis heute. Da ist sie zu weit gegangen. Wir sind Menschen und keine Spielzeuge.«

Mittags saßen wir gemütlich zu dritt am Tisch und aßen gedünsteten Lachs mit Fenchel und Naturreis. Phil, der sich beim Kochen offenbar mächtig ins Zeug gelegt hatte, war ungewohnt schweigsam, obwohl Ali und ich wieder bei unserem Lieblingsthema gelandet waren und uns diesmal über Häkelspitzen unterhielten, was ihn eigentlich unheimlich provozieren musste.

Als Josie, die in der Babywippe geschlafen hatte, aufwachte, stillte Ali sie kurzerhand am Tisch, was sie die ganze Zeit nicht gemacht hatte. Doch wenn es stimmte, dass Lena ihr kurz vor dem Urlaub *ihren Typen* hatte *aufschwatzen* wollen, wie Ali es vorhin ausgedrückt hatte, konnte ich mir lebhaft vorstellen, wie unwohl sich Ali die ganze Zeit in Davids Nähe gefühlt haben musste.

Wie befürchtet regnete es den Rest des Tages. Nach dem Essen zog ich mir mein Regenzeug an und drehte eine große Runde durch den Ort, um den Kopf frei zu bekommen. Letztendlich war ich ein toleranter Mensch. Wenn Lena auf diese Weise wirklich glücklich war, stand ich ihr ganz bestimmt nicht im Weg. Doch dieselbe Toleranz erwartete ich auch von ihr. Sie wusste, wie ich über solche Dinge wie Liebe und Treue dachte, und hatte kein Recht, mich deshalb *niedlich* zu finden und als altbacken und rückständig hinzustellen.

Als ich zurückkam, stand Phil mit den Händen in den Hosentaschen unter dem Vordach der Eingangstür und schien geistesabwesend in den Himmel zu starren.

»Ja, es regnet tatsächlich!«, meinte ich zu ihm. »Ich kann dir das gern schriftlich bestätigen.«

Er streckte die rechte Hand in den Regen, zog sie zurück und betrachtete sie aufmerksam von allen Seiten. »Ich überprüfe das grundsätzlich lieber selbst. Es sind heutzutage so viele Verschwörungstheorien in Umlauf, dass man niemandem mehr trauen kann. Hast du zufällig ein Handtuch dabei?«, fragte er mich grinsend.

»Leider nein! Aber wenn du hier weiter wartest, kommt vielleicht in ein oder zwei Wochen zufällig ein Fahrzeug eines lokalen Textil-Mietdienstes vorbei und installiert hier gegen entsprechende Bezahlung einen Handtuchspender.«

Er lachte und schloss mir die Tür auf.

»Danke! Kommst du mit rein?«, fragte ich.

Er schüttelte lächelnd den Kopf. »Ich schnappe lieber noch ein bisschen frische Luft und lasse mir den Kopf freiregnen.«

»Du hättest mich auf dem Spaziergang begleiten können. Tut mir leid, dass ich's dir nicht angeboten habe«, meinte ich kleinlaut.

»Schon okay. Ich besitze leider keine so eleganten Beinkleider wie du«, antwortete er grinsend und betrachtete meine dunkelblaue Regenhose.

»Nur kein Neid! Wer hat, der hat!« Ich schälte mich aus meiner Regenkleidung und schüttelte sie kräftig aus, während er lächelnd zuschaute.

»Wir können morgen mal zusammen irgendwohin fahren, wenn du magst«, schlug er vor und betrachtete wieder den Himmel.

»Gern! Danke!« Ich ließ ihn stehen und ging hinein.

Nachdem ich meine Regenkleidung im Badezimmer über das Trockengestell gehängt hatte, wusch ich mir in der Kochecke zwei Möhren und einen Apfel ab und legte mich mit meinem Reader allein auf die Dreiercouch. Ali war offenbar mit Josie im Schlafzimmer, kam jedoch bald mit ihr nach unten.

»Steht er immer noch da draußen herum?«, fragte sie mich und setzte Josie in die Babywippe, die auf der Zweiercouch stand.

»Ja.« Ich musste grinsen. »Was will er dort eigentlich?«, fragte ich neugierig.

»Keine Ahnung. Nachdenken vermutlich. Solange er nicht ohne Jacke durch den Regen läuft, mache ich mir keine allzu großen Sorgen.« Ali klang jedoch besorgt. Sie hielt Josie den Stoffhasen hin und ließ ihn tanzen, bis Josie lachend danach griff.

Nach einer Weile kam Phil und setzte sich in den Sessel. Ich fühlte mich beobachtet und blickte auf. »Möchtest du wieder auf deinen angestammten Platz?«, fragte ich und zog die Beine an, wie er es sonst immer für mich tat.

»Dein Hasenohr hat die falsche Farbe!«, stellte er fest und deutete auf Josie, die das Ohr des rosafarbenen Hasen genauso in der Hand hielt wie ich die Möhre, die ich gerade beim Lesen aß. Ali und ich bekamen einen Lachanfall.

»Und da wundert ihr euch, wenn ich beide *Prinzessin* nenne? Man kann die nun mal recht leicht verwechseln, wenn man flüchtig hinsieht. Ich mache uns mal einen Kaffee.« Er stand auf, und ich sah ihm gedankenverloren hinterher, bis mir aufging, dass ich ihm gerade auf den Hintern starrte. Da blickte ich schnell wieder auf meinen Reader.

»In solchen Momenten wird mir immer klar, wie verschieden wir sind«, flüsterte Ali. »Dieser Blick für Details geht mir völlig ab. Er war schon immer die Künstlerseele und ich eher die Sportliche. Unserem Vater wäre es andersherum sicher lieber gewesen.« Sie lachte leise.

»Aber Handarbeiten sind doch auch etwas Kreatives«, wandte ich ein.

»Von wegen! Ich arbeite stur nach Anleitung und kaufe sogar exakt das dafür vorgeschlagene Garn. Hätte mich Phil nicht einmal deshalb ausgelacht, würde ich es wahrscheinlich noch immer in der vorgeschlagenen Farbe kaufen. Ich bin ein hoffnungsloser Fall.«

Wir mussten beide kichern.

»Labert ihr schon wieder vom Klöppeln?« Phil setzt sich zu mir auf die Couch und grinste mich breit an. »Was haltet ihr von einer Partie *Kniffel*?

Das fängt auch mit K an. Habe ich heute im Supermarkt entdeckt. Oder wollt ihr hier lieber gemeinsam aus Papierservietten eine Patchworkdecke zusammentackern?«

»Das nennt man Quilten. Und nein, ich belehre dich nicht, dass man dazu Stoff und Nähgarn nimmt, sondern ignoriere dich. Ha! Damit hast du nicht gerechnet!«, erklärte ich übermütig.

»Mist! Ich hatte echt gehofft, dass wenigstens du auf meine subtile Provokation anspringst, aber das ging daneben. Dabei hatte ich mich doch so geschickt angestellt!«

Den Rest des Tages verbrachten wir mit Würfeln und viel Gelächter über Phils Kommentare, das nur einmal unterbrochen wurde, als Flo zurückkam, zur Kochnische stapfte, um sich in Windeseile ein Müsli reinzuschaufeln, und dabei eine nasse Dreckspur hinterließ.

Ali sagte diesmal nichts dazu, sondern schien mit den Tränen zu kämpfen. Phil und ich machten sauber, als Flo sich wieder grußlos verzogen hatte. Dass dem nicht schlecht wurde, wenn er mit vollem Magen losfuhr, wunderte mich sehr.

Als er gegen acht ein zweites Mal zur Tür hereinkam, putze Ali hinter ihm her. Ich verabschiedete mich, ging duschen und legte mich ins Bett, um zu lesen. Denn Flo musste sich jetzt auf dem Laufenden halten, was sich in der Sportwelt ereignet hatte. Vermutlich war mal wieder irgendjemand schneller gewesen als irgendwelche anderen. Inzwischen gelang es mir jedoch ganz gut, die Geräusche von unten auszublenden.

8. Märchenstunde

Gegen elf kam Phil ins Zimmer und holte sich Schlafanzug und Kulturbeutel. Als er aus dem Bad zurückkam und sich hinlegte, fragte ich ihn, ob ich das Licht löschen solle.

»Nein, ich arbeite noch ein bisschen an einer Zeichnung.«

Ich las weiter, während vom unteren Bett das leise Geräusch der übers Papier gleitenden Stifte zu hören war. Dann herrschte eine Weile Stille.

»Möchtest du das zweite Märchen hören?«, fragte Phil unvermittelt.

»Ja.« Mein Herz schlug unwillkürlich schneller.

»Es heißt nicht *Rotkäppchen und der Wolf*, sondern *Doofköppchen und die Wölfin*.«

Ich traute mich nicht zu fragen, ob ich zu ihm kommen oder in meinem Bett bleiben solle. Da er nichts dazu gesagt hatte, blieb ich oben.

»Es war einmal ein Doofköppchen namens Philip«, erzählte Phil. »Das machte sich ohne einen Kuchen und vermutlich mehr als einer Flasche Wein auf den Weg durch einen großen, dunklen Wald zu seiner Schule, wo die Abifeier stattfand. Das Tanzen überließ es seinen Eltern und seiner Zwillingsschwester. Den Wein soff es zusammen mit seinen Kumpels und seiner coolen Englisch- und Zeichenlehrerin, mit denen es sich zügig von der Party abgeseilt hatte. Das Doofköppchen war noch bescheuerter, als man in dem Alter ohnehin schon war, und wusste weder, wo oben noch wo unten war vor lauter Hormonüberschuss. Ein paar Tage später landete es mit der Lehrerin im Bett und kam sich so richtig toll und männlich und erwachsen vor. Das Verhältnis zu seinem Vater war schon immer eine Katastrophe gewesen, aber nun erreichte es endgültig den absoluten Nullpunkt. Denn tolle, erwachsene Männer mussten sich ja nichts mehr sagen lassen. Zum Glück bot die freundliche und zweiundzwanzig Jahre ältere Lehrerin, die ja nun nicht mehr seine Lehrerin war, ihm an, bei ihr zu wohnen. Und wie Schneewittchen bei den sieben Zwergen lernte das Doofköppchen dort kochen, waschen und putzen und Betten ausschütteln und sich zu zweit im Bett schütteln und zeichnen und was man eben so macht als supertoller erwachsener Mann. Im Herbst begann es wie geplant ein Studium, das es später abbrach und gegen ein anderes austauschte, und eigentlich hätten sie glücklich bis an ihr Lebensende sein können, wenn die Zeichenlehrerin es nicht sechs Jahre später aus heiterem Himmel aufgefordert hätte, auszuziehen. Das Doofköppchen machte ein doofes Gesicht und zermarterte sich das Köppchen, wie es zu diesem plötzlichen Sinneswandel gekommen war. Es hatte nichts Schlimmes gemacht, sondern lediglich seine deutlich sichtbar schwangere Zwillingsschwester zum Zahnarzt begleitet, vor dem sie ziemlich Angst hatte, und mit ihr den erfolgreichen Arztbesuch anschließend in einem Straßencafé mit einem Cappuccino begossen. Dort war es von der Lehrerin, die wusste, dass das seine Schwester war, gesehen und sogar gegrüßt worden. Aber als es nach Hause kam, standen im Flur Umzugskartons mit den paar Sachen, die ihm gehörten. Als das Doofköppchen nach dem Grund für den Rausschmiss fragte, antwortete die Lehrerin, sein Talent habe zwar nicht für die Kunstakademie gereicht, aber es habe ja nun genug bei ihr gelernt, um sich als Küchenhilfe oder Mitarbeiter einer Escort-Agentur finanziell allein durchs Physikstudium bringen zu können, und brauche sie nicht länger. Das Doofköppchen, das völlig von der Rolle war, weil die Wölfin es ganz bewusst und mit voller Absicht verletzt hatte, übernachtete bei seiner Schwester und hatte Glück, dass am nächsten Tag seine Eltern ihm das alte Kinderzimmer und finanzielle Unterstützung anboten. Dort wohnte es und grübelte viele, viele Monate lang, bis ihm ein früherer Klassenkamerad, den es zufällig im Supermarkt traf, erzählte, dass die Wölfin wieder einen neuen Mitbewohner habe: Teenager und Ex-Schüler und wahnsinnig künstlerisch begabt. Da ließ sich das Doofköppchen einen Bart wachsen, um nicht mehr länger wie zwölf auszusehen, obwohl es dieses Geheimnis ewiger Jugend sicherlich für gutes Geld an die Kosmetikindustrie verscherbeln könnte. Doch es nahm stattdessen lieber die Einladung seiner besorgten Zwillingsschwester in den kurz bevorstehenden Urlaub an und widersprach nicht mehr, wenn sie die Wölfin eine *pädophile Pädagogenoma* schimpfte, denn ihm waren leider spontan die Gegenargumente ausgegangen. Ende gut, alles gut.« Er lachte, aber es klang nicht echt. »Wie hat dir die Geschichte gefallen, Prinzessin?«

»Die von gestern war schöner«, flüsterte ich und schluckte.

»Die endete aber auch als Desaster.«

»Sollen wir uns eine neue ausdenken?«, fragte ich ihn leise. »Über ein Doof-Feechen, bei dem du drei Wünsche frei hast?«

»Ich darf mir was wünschen?«

»Ja.«

Er schien zu überlegen. »Ich wünsche mir, dass du dich wie gestern zu mir legst«, flüsterte er.

Ich kletterte die Leiter hinunter. Er lag wieder an der Wand und spielte mit einem Zeichenstift. Neben ihm befanden sich ein aufgeschlagenes Skizzenbuch und ein Kästchen mit weiteren Stiften. Er hatte vorhin offenbar an der Zeichnung von mir weitergearbeitet, die er am Meer begonnen hatte.

»Du kommst ja wirklich!« Er lächelte verlegen und schlug das Buch zu.

»Soll ich die Sachen auf der Kommode deponieren?«, fragte ich schüchtern.

»Ja, bitte.«

Ich räumte alles weg, legte mich mit etwas Abstand neben ihm auf die Bettdecke und ergriff seine Hand, die ganz leicht zu zittern schien. Wir sahen einander schweigend in die Augen.

»Ali meint, es sei ein großer Unterschied, ob ein Paar achtzehn und vierzig oder dreiundzwanzig und fünfundvierzig ist, wenn es zusammenzieht«, flüsterte er nach einer Weile. »Seither habe ich ständig das Gefühl, etwas verpasst zu haben, ohne zu wissen, was es ist. Ich weiß nur, dass es unwiederbringlich verloren ist. – Und ich habe überhaupt keine Peilung, wie man eigentlich mit gleichaltrigen Frauen umgeht. Da fehlt mir total die Übung.«

141

»Ich habe auch noch nicht herausgefunden, wie man mit gleichaltrigen Männern umgeht. Immer wenn ich denke, dass ich es weiß, werden wir alle älter, und ich stehe wieder ratlos da«, sagte ich verschämt lächelnd.

Wie auf Kommando lachten wir beide leise.

»Liebst du sie noch immer?«, fragte ich zaghaft und hätte mir am liebsten auf die Zunge gebissen, aber da war es mir schon herausgerutscht.

Er sah mich ernst an. »Wenn ich sie noch lieben würde, hätte ich mir eben ganz bestimmt nichts von dir gewünscht und würde hier nicht mit dir Händchen halten und jede Nacht von dir träumen.«

»Okay …« Eine sinnvollere Antwort fiel mir leider nicht ein. Ich war noch immer sehr verlegen wegen meiner dreisten Frage.

»Dir wird wieder kalt werden. Rutsch drunter«, flüsterte er.

»Das war der zweite Wunsch. Den dritten solltest du dir gut überlegen!«, imitierte ich die Feen aus den Märchen und kroch erleichtert unter die Decke.

Er senkte den Blick. »Das mit Lena war nicht so, wie es aussah.«

»Das habe ich mir gedacht.«

»Sie hat mich überrumpelt. Wenn man einsam ist, nimmt man eben im ersten Moment so mit, was man nur kriegen kann. Aber es war nicht wirklich schön. Irgendetwas fehlte.« Er sah mir in die Augen und lächelte verschmitzt. »Willst du wissen, wie es abläuft, wenn ich eine Frau zum ersten Mal küsse?«

»Ja, bitte.«

Er küsst mich sanft auf den Mund. »Meine Technik ähnelt also mehr der deinen.«

»Sie gefällt mir.«

»Das freut mich ungemein. Zeigst du mir noch mal deine? So zum direkten Vergleich?«

Ich kicherte und küsste ihn.

Er strich mir eine Haarsträhne aus dem Gesicht. »Wunderbar! Ich finde es übrigens schön, dass die Schwarzweißfilm-Dreharbeiten nun abgeschlossen sind, und du wieder dein graues Longshirt tragen kannst. Du siehst gleich viel erwachsener damit aus.«

Ich gab ihm noch einen Kuss, den er innig erwiderte, und schmiegte mich an ihn.

»Leider ist das alles, was du heute von mir bekommst«, flüsterte er mir ins Ohr. »Als ich heute Vormittag im Supermarkt vor dem Kondomregal stand, kam ich zum Entschluss, auf diese bahnbrechende Anschaffung vorerst zu verzichten, damit du nicht wieder den Eindruck bekommst, es sei alles von langer Hand geplant.« Er spielte mit meinen Haaren. »Ich wollte nicht riskieren, dass du erneut in die für mich unerreichbaren Höhen dieses Etagenbettes entschwindest und mich mit gebrochenem Herzen zurücklässt.«

»Es tut mir sehr leid.« Ich kämpfte mit den Tränen.

Er lächelte. »Dein Entschwinden oder mein heroischer Verzicht?«

»Beides.«

»Das muss es nicht. Betrachten wir es als Verkettung hirnrissiger Umstände. Bei Ali und Flo will ich deshalb nicht anklopfen. Ich könnte höchstens im oberen Zimmer nachsehen, ob bei dem überstürzten Aufbruch in den Nachttischschubladen etwas liegengeblieben ist.«

»Brauchst du nicht. Die verwenden keine.«

»Echt nicht?« Phil blickte mich erstaunt an.

»Du willst jetzt aber hoffentlich nicht Lenas Begründung von mir hören. Ich weiß nicht, ob ich die wortgetreu wiedergeben kann, weil ich sie nicht so ganz verstanden habe.« Ich musste beim Gedanken daran unwillkürlich grinsen. »Irgendwas mit *ungehinderten Wellen*. Den Rest habe ich vergessen.«

»Nein!« Er lachte. »Ich habe selbst genug Lena-Begründungen gehört. Die reichen mir locker bis Weihnachten. Nüchtern betrachtet ist es also nur eine Frage der Zeit, bis die sich alle wild über- und untereinander mit irgendwas anstecken. Bislang hielt ich die für fröhliche Spinner, aber das sind tickende Zeitbomben.« Er wirkte nachdenklich.

»Lass uns von etwas anderem sprechen. Ich möchte David gern vergessen.«

»War er unverschämt?«

»Nennen wir es: zuversichtlich, selbstsicher, anzüglich.«

»Ich muss ihn also nicht mit einer handlichen Liebesstufe windelweich klopfen? Schade! Ich hätte so gern mal meine Gewaltfantasien ausgelebt. Da hat sich ordentlich was angesammelt in den vierundzwanzig Jahren.«

»Nein. Hoffentlich sehe ich ihn nie wieder. Der ist es jedenfalls nicht wert, dass du in den Knast gehst.«

Wir sahen einander in die Augen und lachten.

Ich streichelte Phils Wange und fragte nach einer Weile: »Woran denkst du?«

Er lächelte verlegen, was seine hübschen Grübchen noch mehr vertiefte. »An den dritten Wunsch. Aber den hebe ich mir für die Nacht nach dem nächsten Einkauf auf.«

»Du bekommst morgen drei neue. Hab's vergessen zu erwähnen. Das ist ähnlich wie beim Murmeltiertag: Der Zähler springt jeden Morgen auf drei zurück.«

Er lachte leise und ließ seine Hand auf Wanderschaft gehen.

Ich zog mein Nachthemd und ihm das Schlafanzugoberteil aus und folgte seinem Beispiel.

»Mmh … Mit dir kuschelt es sich so wunderbar!«, raunte Phil und küsste mich.

Kurze Zeit später schrie Flo im Nachbarzimmer wie ein Irrer: »Nach allem, was ich für dich getan habe?«

»Was genau war das gleich nochmal?«, antwortete Ali etwas leiser als er, aber noch immer laut genug, dass wir es gut verstehen konnten. »Ach, stimmt! Du hast mich geheiratet, als ich schwanger wurde, und bist bei mir eingezogen. Verbindlichen Dank! Das wäre doch nicht nötig gewesen!«

Phil nahm seine Zunge aus meinem Mund und flüsterte: »Ich dachte, sie wollte es ihm erst nach dem Urlaub sagen?«

Nebenan fing Josie an zu weinen.

Phil runzelte die Stirn. »Es wird Zeit, dass sie sich trennen. Josie leidet unter den Streitereien.«

Draußen polterten Schritte auf der Treppe in den zweiten Stock.

»Du kannst ohne Betttuch nicht da oben schlafen!«, rief Ali direkt vor unserer Tür.

»Klar kann ich! Sieh mir zu, wenn du mir nicht glaubst!«

»Das ist unhygienisch!«

»Bei dir ist alles unhygienisch! Selbst Sex ist unhygienisch!«

»Nur dann, wenn du nach dem Sport nicht unter der Dusche warst!«

Ich hielt mir verzweifelt die Ohren zu. »Bäh! Das will ich nicht hören!«

Phil lachte, zog mir die rechte Hand vom Kopf weg und erklärte leise: »Falls es dich interessiert: Ich habe vorhin geduscht und mich sogar brav zwischen den Zehen abgetrocknet.«

»Deine arme Schwester«, flüsterte ich.

Er schüttelte den Kopf. »Mach dir keine Sorgen. Sie weiß, wie man Grenzen setzt, und lässt sich nicht alles gefallen. Deshalb brüllt Flo ja so. Ihm gehen die Argumente aus.«

Die Tür wurde aufgerissen, und Ali, mit der weinenden Josie auf dem Arm, starrte uns entgeistert an. »Was macht ihr denn?«

»Wonach sieht es aus?«, fragte Phil zurück.

»Ich sah Licht bei euch und wollte dir eigentlich Josie bringen, damit ich die Hände frei habe, um meinem werten Gatten gepflegt den Schädel einzuschlagen und die Scheidungskosten zu sparen, aber wenn ihr gar nicht lest ...« Sie zuckte hilflos mit den Schultern und wandte sich zum Gehen.

»Warte! Lass mich nur kurz was anziehen«, meinte ich verlegen und suchte im Bett nach meinem Nachthemd. Meine Wangen brannten und waren sicherlich knallrot.

»Es liegt auf dem Bettvorleger«, meinte Ali mechanisch und hob Josie über mich hinüber zu Phil, der hastig in sein Schlafanzugoberteil geschlüpft war und ihr nun die Hände entgegenstreckte. Er legte Josie zwischen uns auf die Bettdecke.

Ali ging und schloss die Tür hinter sich.

»Okay, damit hat sich das Thema *Petting ohne Kondom* für heute Nacht endgültig erledigt, wenn man die möglichen Konsequenzen so drastisch vor Augen geführt bekommt.« Phil lachte. »So ein kleiner Schreihals ist noch wirkungsvoller als eine Ice Bucket Challenge. Lass mich mal raus, ich trage Josie herum, bis sie aufhört zu weinen und einschläft.«

Er ging eine gefühlte Ewigkeit lang in unserem winzigen Zimmer auf und ab, bot ihr immer wieder den Schnuller an und flüsterte ihr lauter alberne Versprechungen ins Ohr: »Wenn du still bist, bekommst du einen Lutscher – und ein Eis – und eine Familienpackung Marzipanherzen – und ein Kätzchen – und ein Pony – und einen Elefanten – und einen Geländewagen – und ein Einfamilienhaus – mit einer Einliegerwohnung – und einer Tiefgarage – und einem Swimmingpool – und einem Glockenturm – und einer Pförtnerloge, – und die Rechnung – schicken wir an deinen Papa, – der echt volle Kanne – ein Rad abhat, – sonst würde er Dreirad fahren – wie du, – wenn du größer bist …«

Kichernd saß ich auf Phils Bett und hatte Lachtränen in den Augen.

Endlich weinte Josie nicht mehr, sondern akzeptierte großmütig den Schnuller und schaute müde auf die bunten Kinderstühlchen in der Ecke.

»Ja, man sollte aufhören, wenn es am schönsten ist«, kommentierte Phil die plötzliche Stille lapidar. »Beim Dreirad wurde sie schwach. Da kommen eindeutig Papas Gene durch.« Er ging in die Hocke, damit sie die Stühlchen besser betrachten konnte. Bald fielen ihr die Augen zu und der Schnuller aus dem Mund. Phil trug sie ins andere Schlafzimmer und brachte auf dem Rückweg das Babyphon mit.

»Wo sind Ali und Flo?«, fragte ich ihn leise.

»Die verhandeln im zweiten Obergeschoss die Scheidungsmodalitäten, schätze ich. Zumindest sind noch beide Stimmen zu hören, und es läuft kein Blut die Treppe herunter. Das werte ich als Teilerfolg. Rutsch mal ein Stück«, forderte er mich auf.

Ich rückte zur Wand, und er kroch zu mir unter die Decke.

»Ali war früher so eine humorvolle Frau. Jetzt wirkt sie fast nur noch müde und gestresst. Deshalb bin ich für die Trennung. Nicht, weil ich ihm Josie wegnehmen will.«

»Ich mag Ali sehr«, sagte ich und merkte, wie lahm der Satz klang. Doch was sollte ich sagen? Offenbar kannte ich die richtige Ali gar nicht. Vielleicht blitzte sie so ab und an kurz auf, wenn sie ihrem Bruder mit trockenem Humor kontra gab.

Phil küsste meinen Hals. »Liebste, ich würde dich so unheimlich gern zeichnen«, flüsterte er dicht an meinem Ohr.

Damit hatte ich überhaupt nicht gerechnet. In meinem bisherigen Erwachsenenleben hatte dieser Satz immer anders geendet. »Eigentlich …«, begann ich.

Doch Phil fiel mir ins Wort: »*Eigentlich* habe ich heute noch einen halben Wunsch frei, nachdem wir bei dem dritten Wunsch auf so barbarische Weise unterbrochen worden sind. Da müsste eine halbe Zeichnung drin sein, oder was meinst du, Liebste?«

»Ich weiß nicht …« Meine Wangen brannten und waren sicherlich feuerrot.

Er lachte. »Du musst dich nicht dazu ausziehen, obwohl ich das natürlich prinzipiell begrüßen würde. Doch dafür ist es viel zu kalt im Zimmer. Aber vielleicht ohne Nachthemd unter der Decke?«

»Komplett unter der Decke, oder darf die Nasenspitze herausgucken, damit ich atmen kann?«, neckte ich ihn.

»Liebste, sei nicht so frech zu meiner empfindsamen Künstlerseele! Bald ist Mitternacht, und ich werde drei neue Wünsche frei haben …«

»Hui! Er wünscht wild drauflos! Da muss ich mich dann aber warm anziehen!«

»Eben gerade nicht!« Er küsste mich.

Es klopfte.

»Herein!«, sagte ich.

Ali streckte den Kopf durch den Spalt.

»Jetzt brauchst du auch nicht mehr zu klopfen!« Phil lachte. »Uns ist erstmal alles vergangen. Josie ist in ihrem Bett. Nimm das Babyphon wieder mit.«

149

»Ah! Okay. Danke!« Ali holte das Gerät.

»Sag mal, hast du vielleicht zufällig ein Kondom für uns übrig?«, fragte Phil zaghaft.

»Ich dachte, euch ist alles vergangen?«, neckte sie ihn. »Sorry, aber wir brauchen keine. Neuerdings aus zwei Gründen.«

»Okay«, meinte Phil verlegen. »Die Blamage war es trotzdem wert. Gute Nacht!«

»Wir fahren morgen nach Hause.« Ali nagte nervös an ihrer Unterlippe. »Ich dachte, so gegen acht, wenn mir Josie keinen Strich durch die Rechnung macht. Ihr bleibt noch bis zum Schluss? Wir kriegen auf keinen Fall unser Geld zurück, wenn wir alle so kurzfristig abhauen. Für uns macht es also keinen Unterschied, ob ihr bleibt oder geht.«

»Bitte!«, flüsterte mir Phil ins Ohr. »Ich kann jetzt ganz super *Bitte* sagen. Ich habe heimlich vor dem Spiegel geübt!«

»Ja, wir bleiben«, antwortete ich und konnte ein glücklich-dämliches Lächeln nicht unterdrücken.

Auf einen Schlag war ich wach, als ich am anderen Morgen Phils Stimme draußen vor unserer Tür hörte: »Bitte, bitte, Ali! Tu mir das nicht an! Da drin schläft meine Wunschfee-Traumfrau, und ich sehe einer leidenschaftlichen Urlaubswoche im einzigartigen und noch nie dagewesenen Liebesrausch entgegen. Du kannst deinen bescheuerten Noch-Ehemann nicht bei uns lassen! Bedeute ich dir denn gar nichts? Ich bin's doch, dein böser Zwilling aus dem siebten Klischeeroman der zweitobersten Regalreihe!«

Obwohl mir die Vorstellung, weiterhin mit Flo das Haus teilen zu müssen, einen Schauer über den Rücken jagte, musste ich dennoch grinsen. Phil hatte eindeutig nicht mehr alle Tassen im Schrank, und ich war so verdammt glücklich und verliebt in ihn! Während ich neugierig das Gespräch durch die Tür belauschte, suchte ich mir meine Kleidung zusammen.

»Und was wurde aus deinem Plan, den Rest deines Lebens asexuell zu verbringen?«, fragte Ali gerade.

»Ich hab's mir spontan anders überlegt. Kommt vor. Bitte nimm den blöden Kerl mit! Bitte!«

»Sieh dich um! Siehst du ihn hier irgendwo?«, antwortete Ali. »So sehr mich dein neu erwachter Optimismus auch freut, muss ich bald mal losfahren, wenn ich mit den vielen Josie-Pausen heute noch heimkommen will. Stell einfach die Türglocke ab und steck von innen den Schlüssel ins Schloss, damit er nicht reinkommt, und ihr habt eure Ruhe!«

»Hat sein Fahrrad eine Klingel?«

»Vermutlich nicht. Er hatte schon mehrfach Ärger mit der Polizei, weil sein Rad gar nicht verkehrstauglich ist und er außerdem gern mal durch die Fußgängerzone oder in falscher Richtung durch die Einbahnstraße fährt. Kratzt ihn nicht. Die Strafen zahlt er vom Gemeinschaftskonto. Wir teilen eben Freud und Leid!«

»Er kann aber verdammt laut brüllen«, gab Phil zu bedenken.

»Sag ihm, er soll mit dem Rad nach Hause fahren. Wenn er jeden Tag neunzig Kilometer radelt, schafft er die Strecke locker bis Sonntag in einer Woche.«

»Das ist nicht dein Ernst!«

»Warum? Er fährt hier doch auch den ganzen Tag durch die Gegend. Dann hätte er wenigstens mal ein vernünftiges Ziel. Ich habe ihm den Rucksack mit dem Nötigsten gepackt. Darunter auch sein Mobiltelefon, auf dem ich ihn nicht erreiche, weil es hier ausgeschaltet auf dem Nachttisch lag. Den Rest nehme ich im Auto mit. Er soll sich mal bloß nicht beklagen, wenn ihm die Klamotten ausgehen. Schließlich bin ich doch die Hygiene-Hysterikerin, die keine Ahnung von echtem Sportlerschweiß hat, der dauerhaft frisch ist und dadurch auf geheimnisvolle Weise nie stinkt. Phil, was soll ich machen? Ich sage: *Wir fahren nachher los!* Und was macht er? Er fährt auf dem Rad los! Ich rufe hinterher: *Sei um acht zurück!* Es ist jetzt viertel nach acht, und er ist nicht zurück. Was soll ich tun?«

»Vielleicht hat er dich falsch verstanden und dachte an acht Uhr abends.«

»Das halte ich bei dem Mann durchaus für möglich, aber auch das ändert nichts daran, dass ich jetzt fahre. Es ist ideal: Josie ist satt und gewickelt und guckt sich ihren Hasi an. Sie ist nämlich pünktlich und war schon um acht bereit zum Losfahren.«

»Bitte, Ali, warte noch ein bisschen! Nur ein Viertelstündchen! Bitte!«

»Knie dich da nicht hin! Da lief Flo vorhin mit seinen Matschschuhen lang, weil er was vergessen hatte und zu faul war, sie auszuziehen.«

»Ich knie im Dreck vor dir! Das muss dich doch rühren!«

»Das rührt mich so, dass ich mich von der Stelle rühre und mit Josie ins Auto einsteige. Richte deiner Traumfee schöne Grüße aus und sag ihr, sie soll dich ignorieren, wenn du Scheiße laberst. Das hat sich bewährt.«

Ich nahm den Kulturbeutel und meine Klamotten und öffnete vorsichtig die Tür.

Phil richtete sich hastig auf und lächelte mich an. »Guten Morgen, Liebste! Ich soll dir von Ali ausrichten: Du musst ignorieren, dass sich mein Scheißgelaber bewährt hat. Oder so ähnlich.«

»Auf Wiedersehen, Ali!«, sagte ich lächelnd zu ihr und beugte mich dann zur Babyschale hinunter, die neben ihr stand. »Auf Wiedersehen, Josie!«

Josie strampelte unternehmungslustig mit den Beinchen, nuckelte energisch am Schnuller und schlug sich ihren Stoffhasen ins Gesicht. Offenbar konnte es tatsächlich losgehen. Sie war zweifellos bereit!

Ali lachte. »Das mit dem Ignorieren hast du schon super drauf! Komm mal auf einen Kaffee vorbei, wenn ihr wieder in Freiburg seid. Beziehungsweise bring deinen Wassertee mit.«

»Vielen Dank für die Einladung!«, sagte ich gerührt und ergriff heimlich Phils Hand, was er mit einem Zwinkern quittierte.

Ali sah Phil an, der ihr augenblicklich seinen Hundeblick schenkte, verdrehte die Augen und seufzte. »Also gut! Ich warte noch zehn Minuten! Aber danach kannst du dich meinetwegen im Matsch wälzen, und ich fahre trotzdem los!«

Ich ging ins Bad.

Währenddessen hörte ich Phil sagen: »Und wenn ich in den dreckigen Teppichboden beiße und ganz laut winsle?«

Ali lachte. »Du rechnest also auch nicht damit, dass die zehn Minuten irgendetwas ändern, aber versprochen ist versprochen! Wenn du in den schmutzigen Teppich beißt, wird sich höchstens Charlie vor dem nächsten Kuss ekeln, und eure Urlaubswoche fängt so an, wie meine endet.«

Natürlich war Flo auch nach Ablauf der *zehn Minuten* nicht zurück, bei denen es sich eher um zwanzig handelte. Wir begleiteten die anderthalb Mädels zum Auto und winkten hinterher. Als sie nicht mehr zu sehen waren, küsste mich Phil mitten auf dem Gehweg innig, und wir gingen hinein.

»Ha! Flo hat keinen Schlüssel dabei!« Phil deutete auf die Haken, an denen beide Exemplare hingen, schnappte sich eines und schloss die Haustür ab. »Schnell, lass alle Rollläden herunter, ich verbarrikadiere derweil die Terrassentür mit dem Dreiersofa!«

Ich lachte. »Das will ich sehen, wie du das schwere Ding allein davorschiebst.«

»Die Verzweiflung setzt ungeahnte Kräfte frei. Das haben wissenschaftliche Untersuchungen an Frauen im Schlussverkauf ergeben.«

Ich stellte mich auf die Zehenspitzen, zog seinen Kopf zu mir herunter und küsste Phil.

Er nahm mich in die Arme und murmelte zwischen den Küssen: »Okay!« – »Knutschen ist fast so gut …« – »… wie Möbelrücken, …« – »… vergeudet aber …« – »… weniger Kalorien!« – »Hoffentlich …« – »… merkt sie nicht, …« – »… dass das überhaupt …« – »… keinen Sinn ergibt!«

»Ich glaube, ich habe meinen Kopf verloren und merke nichts mehr«, flüsterte ich.

»Vermisst du ihn sehr?«

»Nein, kein bisschen.«

»Die Hälfte der Bevölkerung scheint hervorragend ohne Hirn auszukommen. Millionen Idioten können sich nicht irren.«

»Dann bin ich beruhigt.«

»Ich habe mein Herz verloren«, flüsterte er und sah mir ernst in die Augen.

»Nimm meins«, schlug ich vor.

Es klingelte.

»Schnell. Versteck dich«, sagte Phil mit monotoner Stimme, schloss auf und öffnete die Tür. »Wir kaufen nichts, unterschreiben nichts und diskutieren nur dienstags und donnerstags über Satan.«

»Lass mich durch, ich hab's eilig!«, rief Flo.

Phil trat einen Schritt zur Seite und verbeugte sich feixend.

Flo rannte die Treppe hoch, und es war zu hören, wie er eine Tür aufriss. Dann herrschte Stille.

»Der Schlag kann ihn nicht getroffen haben, denn wir hörten ihn nicht fallen«, erläuterte Phil mit fachmännischem Gesichtsausdruck. »Aber er hat eine erstaunlich lange Leitung. Wie lang braucht man, um festzustellen, dass ein Zimmer leer ist? Und warum fiel ihm nicht schon draußen auf, dass das Auto weg ist?«

»Vielleicht ist er im Bad?«, schlug ich kichernd vor.

»Dann hätten wir entweder das Schließen der Tür oder Unbeschreibliches vernommen«, wandte Phil leise ein.

Flo kam langsam die Treppe herunter und schaute uns ratlos an.

»Möchtest du auch einen Kaffee?«, fragte ihn Phil mit einem strahlenden Lächeln und ging zur Kochecke.

Ich setzte mich auf die Dreiercouch und versuchte mit allen mentalen Kräften, ein Grinsen zu unterdrücken.

Flo folgte Phil. »Wo ist Ali?«

»Och, die? Die ist bei Josie.«

Flo sah sich im Wohnbereich um. »Wo ist Josie?«

»Josie? Die fährt gerade mit dem Auto nach Freiburg. Sie kam leider nicht pünktlich los, weil sie noch auf irgendeinen Verwandten warten wollte, der aber offenbar leider verhindert war. Aber wenn sie kräftig Gas gibt, holt sie das schnell wieder auf.«

»Ali ist ohne mich losgefahren?«

»Sie konnte Josie schlecht allein fahren lassen. Von wegen Aufsichtspflicht und …«

»Und was mache ich?«, unterbrach ihn Flo und starrte mich fassungslos an.

»Du wolltest einen Kaffee trinken, hast du gesagt, oder irre ich mich?« Phil startete die Kaffeemaschine, setzte sich zu mir und legte mir einen Arm um die Schulter.

Flo zog sich zögerlich die Sportschuhe aus und trug sie brav zur Garderobe, wo wir unsere Straßenschuhe abgestellt hatten. Dort blieb er stehen, starrte auf seinen gepackten Rucksack, den Ali da deponiert hatte, und schien nachzudenken.

»Ali meint, du kommst auf dem Fahrrad hinterher«, meinte Phil mit gelangweiltem Gesichtsausdruck.

Ich konnte gerade noch ein Kichern unterdrücken, und Phil schloss mir den Mund mit einem langen, innigen Kuss.

»Ist das meiner?«, fragte Flo nach einer Weile.

»Hm … was?« Phil sah zu ihm. »Sorry! Ich war gerade anderweitig beschäftigt.«

»Ist das mein Rucksack?«

»Schwer zu sagen! Uns gehört er nicht und Ali auch nicht, sonst hätte sie ihn mitgenommen. Ich könnte höchstens heute Abend mal Josie fragen, wenn sie anruft und Bescheid sagt, dass sie angekommen sind.«

»Kannst du mit dem Scheiß mal aufhören? Das nervt!« Flo sah uns böse an und wühlte in den Außentaschen des Rucksacks.

Ich bekam Mitleid mit ihm, obwohl ich es unmöglich fand, dass er am Morgen der Abreise nicht nur seine Frau allein packen gelassen hatte, sondern auch noch zu spät zurückgekommen war. »Ali hat dir frische Sachen und das, was du sonst noch so brauchst, in den Rucksack gesteckt«, erklärte ich ihm. »Soviel ich weiß, gibt es bei der Bahn auch Tickets für Fahrräder. Da müsstest du dich am Bahnhof erkundigen und …«

»Nee-nee! Am Ende wird mir das Rad geklaut!« Flo schüttelte heftig den Kopf. »Ich fahr's lieber selbst und hab' ein Auge drauf! Geh' nur noch schnell auf den Pott.« Sprach es und verschwand im Gäste-WC.

Ich sah Phil erstaunt an.

»Zum Glück haben Ali und ich nicht gewettet. Sonst hätte sie jetzt gewonnen, und ich müsste irgendwas Blödes in ihrem Haushalt machen«, flüsterte er mir ins Ohr, tippte sich mit dem Finger an die Stirn und dann in Flos Richtung. »Und da behaupten die Nachbarn meiner Eltern tatsächlich steif und fest, ich sei der Spinner im Haus. Vermutlich wissen sie bloß nicht, dass Flo auch dort wohnt, weil er nie da ist.«

Dieser kam kurz darauf zurück, zog sich seine Schuhe wieder an, schnappte den Rucksack und verließ grußlos das Haus.

Als die Tür hinter ihm ins Schloss gefallen war, flötete Phil: »Soll ich dir deinen Kaffee per Fahrradkurier hinterherschicken oder selbst trinken?«

»Du bist gemein!« Ich kicherte.

»Ich bin nicht gemein, ich bin geschäftstüchtig! Als du noch geschlafen und dabei bis zum Abwinken bezaubernd ausgesehen hast, habe ich mit meiner Schwester einen knallharten Deal abgeschlossen. Diese arme Irre wollte nämlich als ihren Anteil an der Endreinigung das Bad und ihr Schlafzimmer putzen, und ich habe vorgeschlagen, dass sie stattdessen sich mal eine Minute hinsetzt, einen Kaffee trinkt und mir vorübergehend ihr großes Laken vererbt, damit wir in ihr Schlafzimmer umziehen können. Sie war einverstanden, hat gelacht und mir dann erzählt, dass das Bett zwei getrennte Matratzen hat, auf die unsere Betttücher passen. Wenn hier jemand gemein ist, dann ist das Ali.«

Ich lachte und kuschelte mich an ihn. »Leider kann ich nicht mit dir ins andere Zimmer umziehen, weil ich dir fest versprochen habe, bis zum Ende des Urlaubs im Kinderzimmer zu schlafen, wenn du mir deine Zeichnungen zeigst. So ein Pech aber auch!«

»Das hast du aber bis heute Abend vergessen«, wandte Phil ein.

»Und wenn nicht?« Ich blickte ihn gespielt treuherzig an.

»Dann lasse ich mir etwas ganz wunderbar Überzeugendes einfallen, damit du das absichtlich vergisst.« Er lachte übermütig. »Ali hat das Tuch jedenfalls trotzdem hiergelassen. Und ich hätte ihr das Putzen ohnehin nicht auch noch erlaubt. Die Wahnsinnige ist seit sechs Uhr auf den Beinen. Nachher starte ich die Waschmaschine, um den geruchlosen Flo-Geruch aus dem Spannbettlaken zu bekommen. Willst du auch dein pinkfarbenes Riesenseepferd schwimmen lassen oder verbrennen wir das alberne Ding heute Abend auf der Terrasse und tanzen nackt ums Feuer? Apropos schwimmen: Meinst du, eine Woche Regen reicht aus, um eine Frau davon zu überzeugen, dass sie sich nicht nur von mir zeichnen lassen, sondern mich auch nach dem Urlaub unbedingt wiedersehen muss, weil sie mir rettungslos verfallen ist?«

»Wenn du dich täglich rasierst, wäre das durchaus möglich. Probier's aus.«

»Nur, wenn du mir endlich das Geldstück gibst, das du letzten Samstag am Bahnhof für mich hervorgekramt hast. Wie viel war das? Ein Euro oder zehn Cent?«

»Ein Euro.«

»Oh, doch so viel! Hey, danke!« Er küsste meinen Hals. »Du …«

»Mmh?«

»Zwei Euro war ich dir nicht wert?«

»Nicht mit dem Bart.«

»Bart oder Nichtbart; das ist hier die Frage: Obs edler im Gemüt, die Pein und Krause des wuchernden Gestrüpps erdulden oder, sich rasierend wegen einer See von Borsten, durch Widerstand sie enden?«, deklamierte er und fügte grinsend hinzu: »Das ist von William Shavesbeard.«

Über die Autorin:
Louise Millicent Moran hat in ihrem Leben definitiv zu viele Liebeskomödien und Sitcoms gesehen, um ernsthafte Romane schreiben zu können.

Über das Buch:
Von den fünf kontaktierten Rasierschaumherstellern waren drei leider nicht bereit, diesen Roman zu sponsern. Bei Drucklegung standen zwei Antworten noch aus.

Über das Cover:
Deich bei Norddeich. Das Meer, Juist und Norderney kann man sehen, wenn man sich umdreht. Ein paar Leser hatten vorgeschlagen, auf dem nächsten Cover ein kuschelndes Pärchen abzubilden. Diesen Wunsch erfüllte ich hiermit gern. Wer noch immer nicht zufrieden ist, möge sich in Zukunft bitte etwas präziser ausdrücken.

Andere Bücher der Autorin:
Darrel & Lou – Mit der Gitarre nach Kensington
Darrel & Lou – Mit dem Schlagzeug quer durch London
Darrel & Lou – Socken, Wahnsinn und Methode

Leseprobe aus:
Darrel & Lou – Mit der Gitarre nach Kensington

»Okay, dann fassen wir mal zusammen: Was ist gut gelaufen?« Sean blickte in die kleine Runde. Socks und James schauten betreten zu Boden.

»Der Pub war gut besucht«, antwortete Maggie, »und blieb es auch.«

»Ja, das stimmt.« Sean grinste. »Und einige haben auch fleißig *The Bonnie Banks of Loch Lomond* mitgesungen. Das muss man ihnen lassen. Allerdings langsamer als Socks und auch dann noch, als wir längst *Moonlight in a Pot* spielten.«

»Schaut mich nicht an!« James tat empört. »Ich kann auch nicht mehr tun, als auf die verdammten Dinger einzuprügeln. Wenn das aber schon meine Bandkollegen nicht sonderlich kratzt, kann ich den Pubgästen keinen Vorwurf machen.«

»Ich war irritiert, weil Darrel plötzlich nach hinten ging«, rechtfertigte sich Socks. »Ich dachte, er braucht das nicht mehr, wenn er jetzt neben Sean steht und seine Zeichen sehen kann. Da folgte ich versehentlich kurz dem Takt der Sänger im Publikum. Als er beim nächsten Song wieder urplötzlich rückwärtsging, rannte er fast Dylan über den Haufen. Wozu macht er den Quatsch?«

»Huch?« Sean war ehrlich erstaunt. »Darrel konnte ja nicht anders, nachdem du deinen Einsatz komplett verpennt hattest.«

»Ich verstehe nur Bahnhof!«, erklärte James mit einem strahlenden Lächeln.

»Also aufgemerkt und zugehört! Hier kommt der Augenzeugenbericht eines Beteiligten, der im

Nachhinein lieber unbeteiligt gewesen wäre: Darrel spielte bei *Cheerio, Miss Sophie* nach der zweiten Strophe sein Solo. Socks verpennte seinen Einsatz, weil er währenddessen dümmlich-cool ins Publikum grinsen und noch cooler herumlümmeln musste und daher nicht auch noch gleichzeitig singen konnte. Darrel improvisierte panisch ein paar Takte. Ich stellte das Spielen lieber gleich ganz ein. Darrel deutete mit dem Kopf in deine Richtung, verdrehte die Augen und schaute dann demonstrativ auf sein Instrument. Ich gab ihm mit einem Nicken das Okay für eine zweite Runde Solo und hoffte, dass Socks dadurch aus seinem mentalen Schönheitsschlaf erwacht. Darrel ging drei kleine Schritte nach hinten, um mir das Einsatzzeichen zu geben. Schließlich wollte ich zur Abwechslung auch mal wieder mitspielen dürfen. Dort hüpfte Dylan gerade unkontrolliert durch die Gegend und sprang geistesgegenwärtig zur Seite. Sonst hätte es ein Unglück gegeben.« Sean verdrehte theatralisch die Augen. »Ich möchte ja gern mit euch in die Zeitung kommen, aber doch nicht auf diese Weise!«

»Darrel gibt dir Einsatzzeichen? Seit wann?« Socks war erstaunt.

»Seit Jonas aus der Band ausgestiegen ist. Die Frage ist nicht dein Ernst, oder?«

»Er geht rückwärts, du nickst dabei, er geht wieder nach vorn. Frage: Wer gibt da wem ein Zeichen?«

»Er mir.«

»Echt jetzt?«

»Na, hör mal! Du schreibst doch die komplizier-
ten Nummern mit Rhythmuswechseln und Kunst-
pausen, bei denen wir uns abstimmen müssen.«

»Das Ende der Pause gibt doch James vor!«

»Seit wann?« James lachte. »Das kann ich nur
dann, wenn ich dich laut anzählen darf. Und das
magst du mitten im Song nicht.«

»Ich fühle mich dann immer so ausgezählt und
völlig am Boden.« Socks grinste verlegen.

»Deshalb warte ich, bis Darrel zurückgeht, und
mache mit, wenn er den Schritt nach vorn geht.
Schließlich habt ihr keine Rückspiegel an euren In-
strumenten.« James blickte mit Unschuldsmiene
zur Decke.

»Und was bedeutet dein Nicken, Sean?«, wollte
Socks wissen.

»Das heißt: *Ich sehe dich.*«

»Klar siehst du ihn.«

»Nicht, wenn ich gerade ins Publikum gucke.«

»Machen das alle Bands so?«

»Woher soll ich das wissen? Wir haben es eben
so abgesprochen, und es funktioniert. Zumindest
dann, wenn kein vorübergehend unterbeschäftig-
ter Geiger im Weg ist. Vielleicht sollten wir das
überdenken, bevor es noch Schwerverletze gibt.«

Ende der Leseprobe
Mehr geballten Unsinn gibt es in der Trilogie:
Darrel & Lou